A.K HARDWARE

Science - Fiction - Romane

SCHATTENKRIEGER

UNTERGANG - ERLEUCHTUNG

Impressum:

A.K HARDWARE

Science - Fiction – Romane

Erscheint alle zwei Monate als Printausgabe und E - Book
Internet - Adresse: hd-28125makateh.jimdo.com
Mail - Adresse: makateh@rocketmail.com
Titelbild: A.K HARDWARE by "Makateh"

Bibliografische Information der Deutschen Nationalbibliothek: Die Deutsche Nationalbibliothek verzeichnet diese Publikation in der Deutschen Nationalbibliografie; detaillierte bibliografische Daten sind im Internet über www.dnb.de abrufbar.

A.K HARDWARE Science - Fiction - Romane

Herstellung und Verlag
BoD - Books on Demand, Norderstedt

ISBN: 9783732284221

PROLOG

In den Zwanzigerjahren des 21. Jahrhunderts kam es zu einer Weltwirtschaftskrise, wie es sie hundert Jahre zuvor schon gegeben hat. Das gesamte Wirtschaftssystem brach weltweit zusammen. Dies bewirkte, dass es mehrere Kleinkriege unter den Ländern der Dritten Welt gab. Viele dieser Staaten wurden von Diktatoren, wie wir sie aus dem 20. Jahrhundert kennen, regiert. Skrupellose Waffenhändler und Geschäftsleute waren die einzigen Nutznießer dieser Zeit. Es bildeten sich wieder Machtblöcke, die nur ihre eigenen Interessen verfolgten.

Durch die Globalisierung in den ersten Jahrzehnten des 21. Jahrhunderts war es den Produktpiraten ein Leichtes, ihre kopierten Waren weltweit in den Handel zu bringen und den Markt damit zu überschwemmen. Einer der größten Händler mit kopierten Waren war Joe Bone, der eine zwanzigjährige Gefängnisstrafe wegen Betrug und Steuerhinterziehung in den USA absitzen musste. Seine Frau Mary mit den Kindern Drake und Angel hatten es schwer, sich in der Gesellschaft durchzusetzen. Die Vergehen ihres Familienoberhauptes führten dazu, dass ihre Familie von der Gesellschaft gemieden und benachteiligt wurde.

Im Jahr 2034 hatte sich die wirtschaftliche Lage wieder so weit beruhigt, dass von einem leichten Aufschwung gesprochen wurde. 2047 wurde Joe Bone als gebrochener Mann aus der Haft entlassen. Seine Familie litt noch viele Jahre wegen seiner Vergehen, trotzdem wurde er wieder liebevoll bis zu seinem Tod aufgenommen.

Das Jahr mit den größten technischen Weiterentwicklungen war 2053, als dem Ehepaar Simon und Gerty Jenning der Durchbruch in der Kernfusionsforschung gelang. Es ist ihnen gelungen, eine kontrollierte Fusion in Gang zu setzen. Dies ermöglichte der Menschheit in den darauf folgenden Jahren eine Weiterentwicklung in der Technik; die Raumfahrt mit 10 % der Lichtgeschwindigkeit wurde möglich. Folglich wurde der Abbau von Bodenschätzen auf anderen Himmelskörpern in unserem Sonnensystem für viele Konzerne rentabel. Was wiederum dazu führte, dass der Aufbau von Raumschiffwerften stark forciert wurde. Ein weiterer technischer Höhepunkt war die fusionsgebundene Erzeugung von Schwerefeldern, die für künstliche Schwerkraft in der bemannten Raumfahrt genützt werden.

Die Geschwister Drake und Angel Bone hatten beide 2057 aus ihren Ehen Nachwuchs bekommen. Angel hat Tochter Ursa geboren, und Drake Bones Frau hat sechs Tage später Drake Junior zur Welt gebracht. In ihrer Kindheit und auch später in ihrer Jugend sind beide wie Zwillinge aufgewachsen.

In der Zwischenzeit sind 25 Jahre vergangen, aber die Menschheit in sich selbst ist gleich geblieben. Es herrscht nur Raffgier, Profitdenken, Korruption und Machthunger unter den Beteiligten. Nur Gott, wenn es einen gibt, kann mit solchen Missständen aufräumen. Vieles ist geschehen und in der momentanen Situation ist der technische Fortschritt der Menschen schon so weit, dass sie über die Jupiterbahn mit seinen Monden hinausgehen wollen, um daraus ihren Profit zu schlagen.

DIE SCHATTEN DER STERNE

Der Weg Was ist geschehen? Ich begreife immer noch nicht, was mit mir passiert.

››Hey Bone, steh auf, wir sind gleich an Deinem neuen Arbeitsplatz!‹‹ ››Wenn ich Dich Arschloch von Wärter sehe, geht mir das Messer in der Hose auf!‹‹ ››Bone, pack' deine Sachen, damit ich Dich endlich los werde!‹‹

Das Gefangenenraumschiff befindet sich kurz vor seiner Landung auf dem Jupitermond Io. Am Aufheulen der Bremstriebwerke und den Vibrationen erkenne ich, dass wir im Landeanflug sind. Wenn ich so nachdenke, weshalb ich überhaupt hier bin, begreife ich unsere Welt nicht mehr. Io: dieser Mond ist der Tod für jeden, der mehr als zwei Jahre in den Minen im Strafvollzug arbeiten muss - und ich will fünf Jahre überleben! Alle giftigen Chemikalien, die in der Industrie benötigt werden, kommen hier auf Io in großen Mengen vor. Kein Mensch in unserer Gesellschaft kümmert sich darum, was aus denen wird, die hier im Strafvollzug arbeiten müssen.

››Berger, Klein, Bone und Rain, Ihr braucht erst gar nicht auszupacken, Ihr fliegt gleich weiter!‹‹

Was soll das schon wieder bedeuten? In meinen Gedanken möchte ich verarbeiten, wieso man mich überhaupt hierher gebracht hat.

››Hey Bone, schlaf nicht ein! Du bist der große Gewinner, Du darfst bei unserer Expedition zum Saturnsystem teilnehmen!‹‹

Diese Meldung von meinem Busenfreund, Wärter "Arschloch", klingt nicht sehr beruhigend. Aus den Erfahrungswerten geht hervor, dass nur jeder Fünfte von solchen

Expeditionen lebend zurückkommt. Berger, Klein und Rain sind Kleinkriminelle, die der Staat, sprich die Gesellschaft, einsetzt, um neue Gebiete zu erschließen, die dann kommerziell ausgebeutet werden. Gefangene sind billige Arbeitskräfte und bei Unfällen kräht kein Hahn nach ihnen. Es werden bewusst gut ausgebildete Personen bei relativ kleinen Vergehen verurteilt, um bei solchen Aktionen eingesetzt zu werden. Die Mächtigen in den verschiedenen Machtblöcken können damit zwei Drittel der Arbeitskosten sparen und haben kein Risiko. Ich hatte das Pech, dass mein Großvater in den zwanziger Jahren einiges abgezogen hat, deshalb glaubte der Richter, er müsse mich gleich zu fünf Jahren Zwangsarbeit auf Io in einer der Minenkolonien verurteilen. Mein wirkliches Vergehen ist es nur, dass ich mich öffentlich gegen die Machenschaften der Regierung aufgelehnt habe. Mit Klein hatte ich mir schon eine Zelle auf dem Mars geteilt. Von ihm habe ich erfahren, dass Rain und Berger wegen Computermanipulationen verurteilt wurden. Bei Klein liegt alles ganz anders, er ist ein Spieler und Herzensbrecher, der mit den Frauen der Elite seine Beziehungen pflegte. Obwohl er eigentlich nichts Ernsthaftes verbrochen hat, bekam er die höchste Strafe von uns allen, acht Jahre. Es ist halt so, ein Minister lässt sich nicht gerne Hörner aufsetzen. Die Beziehungen solcher Leute hat Klein gewaltig unterschätzt, sonst würde er sich nicht in unserer Gesellschaft aufhalten. Plötzlich werde ich aus meinen Gedanken herausgerissen. Ein imposanter Mann betritt den Raum, in dem wir auf unseren Weitertransport warteten.

››Meine Herren, ich möchte mich Ihnen kurz vorstellen: Mein Name ist Captain Mick Aldrich, ich bin der Kommandant dieser Expedition. Wenn Sie meinen Anweisungen Folge leisten, haben Sie gute Chancen nach ihrer Haftstrafe wieder ein vollwertiges Mitglied unserer Gesellschaft zu werden.‹‹

Diese Bemerkung hat mich nur ein leichtes Lächeln gekostet, da keiner von uns ein wirklicher Krimineller ist. Captain Aldrich fährt fort: ›› Unsere Expedition führt uns zum größten Mond des Saturn, Titan, dort werden wir alles Nötige vorbereiten, um eine spätere Ladestation für die dortigen Energiequellen zu errichten. Für diejenigen, die es nicht wissen, Titan hat die größten freiliegenden Vorräte an Kohlenwasserstoffen in unserem Sonnensystem.‹‹

Captain Aldrich hat bei seinen Ausführungen über unser geplantes Vorhaben eine Ausstrahlung, die jedem von uns unter die Haut geht. Er erläutert uns genau, worum es geht und auch alles, worauf wir vorbereitet sein müssen.

›› Wir werden vier Wochen unterwegs sein, bis wir unser Ziel erreichen. Die meiste Zeit nimmt die Beschleunigung beziehungsweise die Bremsphase in Anspruch, ‹‹ erklärt er uns. ››Und nun meine Herren richten Sie sich Ihre Quartiere auf meinem Schiff, der Explorer ein und bereiten Sie sich innerlich mit Ihrer ganzen Kraft auf Ihre Aufgaben vor!‹‹

Bei Berger habe ich ein Unbehagen festgestellt, er zeigt starke Unsicherheit, als uns Aldrich auf eventuelle Gefahren hinweist. Ich zweifle, ob er den Strapazen, die auf uns zukommen, gewachsen sein wird.

Die Explorer ist ein Raumschiff neuester Entwicklung mit Fusionsantrieb. Es benötigt nur drei Mann Besatzung trotz seiner Länge von beinahe hundert Metern. Dieses Schiff ist mit allen technischen Mitteln ausgestattet, die es erlauben, eine umfangreiche Forschungsexpedition mit bis zu zwei Jahren Dauer durchzuführen.

Der Flug zum Titan verläuft problemlos. Es wird schon richtig langweilig, die Zeit will nicht vergehen und wir wissen schon nicht mehr, worüber wir überhaupt noch sprechen sollen. Plötzlich die erregte Stimme von Aldrich aus dem Lautsprecher: ››Alles in Alarmbereitschaft!!‹‹ Man hört einen dumpfen Knall, dann Totenstille.

DER SCHATTEN

Beinahe drei Jahre sind vergangen, seit mich der Hohe Rat von Makateh hierher auf diesen Außenposten versetzt hat. Man sagte mir, es sei sehr wichtig, diese Spezies mit dem Namen „Menschen" zu beobachten und ihre Weiterentwicklung zu verfolgen. Ich persönlich finde nicht, dass diese Menschen es wert sind, ihnen so viel Aufmerksamkeit zu widmen! Es sind in meinen Augen primitive Kreaturen, die nur in ihrem Aussehen an Intelligenz erinnern. Kein Volk, das ich kenne, tötet sich untereinander wegen so niederer Beweggründe, wie diese Menschen. Was hat unser Oberster im Rat, Rey Meyesty, zu mir gesagt: "Ak'Gion, Du musst mir auf dieses Volk der Menschen achten, da sie dasselbe Erbgut wie wir in sich tragen! Es ist deine Pflicht, die Menschen vor eventuellen Angriffen anderer raumfahrender Völker zu schützen!" Bis jetzt sind die Menschen mit ihren primitiven Raumschiffen nicht über die Umlaufbahn ihres vierten Planeten, den sie Jupiter nennen, hinausgekommen. Der Hohe Rat hat mir versichert, dass das Planetensystem der Menschen den anderen Völkern noch unbekannt ist. Nun, wenn ich meine Bildübertragungen so ansehe, muss ich zugeben, auf den ersten Blick sehen uns die Menschen zum Verwechseln ähnlich. Nur ihre Gewohnheiten erinnern mich mehr an Tiere als an Lebewesen mit Kultur und Wertschätzung für das Leben. Rey Meyesty betonte ausdrücklich: "Die Menschen sind das Ebenbild unserer Kultur vor 30.000 Jahren!" Nur noch drei Wochen und ich habe meine drei Jahre Dienstzeit auf diesem langweiligen Posten hinter mir. Ich freue mich schon jetzt auf das Wiedersehen mit meinen Freunden auf Makateh. Dort wo ein Jahr nur unwesentlich länger ist als hier, nämlich um achtzehn Tage nach der Zeitrechnung der Menschen. Meinen Nachfolger hier bemitleide ich schon jetzt. Außer den Besuchen auf der Erde, wo ich alle sechs Monate hinflog, um mir einen persönlichen Überblick über die Menschen und ihre technischen Entwicklungen zu machen, war es sehr ruhig. Die drei Tage auf der Erde machten jedes Mal richtig Spaß! Ich lebte und bewegte mich unter den Menschen, ohne dass auch nur einer von Ihnen etwas davon bemerkte. Plötzlich; und ohne Vorwarnung, reißt es mich aus meinen Gedanken: „Alarm wieso?“ Meine Instrumente zeigen mir, dass sich ein Raumschiff aus dem Überraum nähert. „Mein Gott, ausgerechnet ein Schiff der Natrill!“ Die Gedanken überschlagen sich in meinem Kopf. Es ist ein hundertfünfzig Meter langes Forschungsschiff der Natrill. Glück im Unglück, gegen eines ihrer schweren Trägerschiffe wäre dieses Sonnensystem mit seinen Bewohnern verloren. Ich muss mein Möglichstes tun, um die Menschen vor der Entdeckung durch diese Spezies zu schützen. Dieses, den irdischen Ameisen an Aussehen ähnliche Insektenvolk, ist zwar nur maximal einen Meter fünfzig groß, trotzdem ist es an Körperkraft einem Menschen um das Fünf - bis Siebenfache überlegen. Für die Menschen ist es nicht gut, wenn ihr blauer Planet von diesem Volk entdeckt wird! In den letzten drei Jahrhunderten haben die Natrill über zwanzig Völker unterjocht. Diese Völker werden als Arbeitssklaven für ihre mächtige Rüstungsindustrie gehalten. Die Spezies der Natrill mit ihren artverwandten Völkern sind die aggressivsten im bekannten Universum. Es ist mir ein Rätsel, wieso sie gerade hier in diesem abgelegenen Arm der Galaxie auftauchen. Ihre nächste Basiswelt befindet sich über 290 Lichtjahre entfernt! Jetzt heißt es kühlen Kopf bewahren, in spätestens fünf Stunden Erdzeit wissen sie alles für sie Wichtige über dieses Sonnensystem. Als Erstes muss ich alle menschlichen Funksignale, die in Richtung Natrillschiff unterwegs sind, so verfälschen, dass keine exakte Ortung der Erde möglich ist. Ein erneuter Ortungsalarm veranlasst mich, laut mit mir selbst zu sprechen, bevor ich meine Gedanken wieder ordnen kann.

››Was ist jetzt schon wieder los? Hoffentlich nicht noch ein Schiff der Natrill! Nein, es ist eines der neuen Schiffe der Menschen. Ein Unglück kommt selten allein!‹‹

Jetzt wird es wirklich ernst, beide Schiffe sind auf Kurs Richtung Saturnmond Titan. Das terrestrische Schiff ist nicht in der Lage, das Schiff der Natrill zu orten. Wenn die Natrill das Schiff der Menschen aufbringen, werden sie in kürzester Zeit erfahren, was in diesem System für sie zu holen ist. Spätestens eine Woche später werden sie mit der Invasion beginnen. Es dauert dann keine zwei Wochen mehr und die Menschheit wird unterjocht sein. Den Menschen stehen keine Mittel zur Verfügung, die ihr Schicksal noch abwenden könnten.

DER PATRIARCH

››Erhabener Concon, wir verlassen gerade den Überraum. Das muss das System sein, das die gefundene Raumsonde beschreibt. Es muss eine ausgesprochen dumme Spezies sein, diese Menschen! Sie schicken Raumsonden los und hinterlassen auch noch Informationen über ihren Heimatplaneten, Sprache und Kultur. Sehr angenehm, so haben wir es noch leichter, Ihnen unsere Absichten zu erläutern. Wie lauten Ihre Befehle, erhabener Concon?‹‹ ››Das gesamte System sofort scannen und alle Mann in Gefechtsbereitschaft! Diese Menschen, wie Sie sich selber nennen, haben sehr viel Ähnlichkeit mit den "Schatten der Sterne"- obwohl ich nicht glaube, dass Sie die Technologie dieser besitzen, ist Vorsicht geboten. Kurs Richtung Ringplanet, von dort werden wir unsere nächsten Schritte sondieren.‹‹

›› Zu Befehl, erhabener Concon!‹‹

„Jetzt bin ich schon ein Viertel meines zu erwartenden Lebens Patriarch dieses Clans, aber noch nie hatte ich eine solche Gelegenheit, mich bei unserer königlichen Führung zu profilieren. Ich werde dieses System mit Hilfe meines Clans alleine unterwerfen und mir den Ruhm nicht mit anderen teilen! Die Königin wird mich dafür zum Großpatriarchen oder sogar zum Vizekönig eines der eroberten Systeme erheben. Diese Menschen können mir nichts entgegensetzen, was mich aufhalten kann!“, dachte Patriarch Concon.

›› Cecen, bringe das Schiff in einen Orbit um den großen Mond des Ringplaneten.‹‹ ›› Ja, erhabener Concon! Den Orbit um den Mond erreichen wir in einem Zyklus. Ortungsalarm!! Erhabener Concon, ein Raumschiff der Menschen steuert diesen Mond an!‹‹ ›› Cecen, dieses Schiff wird unsere erste Beute sein. Sofort im Ortungsschatten des Mondes auf die Lauer legen, weitere Befehle folgen!‹‹ ›› Jawohl, erhabener Concon, werde Mannschaft in Enterbereitschaft versetzen, wenn es Ihr Wunsch ist!‹‹ ››Sehr gut Cecen, Du warst immer ein treuer Diener meiner Interessen! Ich werde Dich zum Clanoberhaupt machen, wenn diese Aktion zu meiner Zufriedenheit endet.‹‹ ›› Vielen Dank, erhabener Concon!‹‹

DER VERTERAN

››Verdammt, was ist hier los? Welches Arschloch beschießt uns und legt das komplette Computersystem, das für die Steuerung des Schiffes notwendig ist, lahm? Berger, Rain sofort auf die Brücke! Eure Computerkenntnisse sind gefordert.‹‹

Klein und ich sehen uns in die Augen, wir wissen in diesem Moment, dass hier etwas nicht normal ist. Berger und Rain erkennen sofort, dass es sich bei den Systemausfällen nicht um die Folgen eines Sonnensturms handelt. Im selben Moment hört man eine Stimme durch das Lautsprechersystem der Explorer, die uns allen das Blut in den Adern gefrieren lässt:

›› Hier spricht Patriarch Concon vom Volk der Natrill, Ihr Schiff ist in meiner Gewalt! Versuchen Sie nicht Widerstand zu leisten, jede Art von Aggression uns gegenüber wird sofort mit dem Tod bestraft! Übergeben Sie uns Ihr Schiff ohne Widerstand und Sie werden zumindest Ihr Leben behalten! Sie haben einen Orbit Zeit das Schiff zu übergeben, danach setzen wir Gewalt ein!‹‹

In der Umlaufbahn, in der wir uns um Titan befinden, dauert ein Orbit, sprich eine Umkreisung des Mondes, 1 Stunde und 56 Minuten. Sofort wird allen an Bord bewusst, dass wir Menschen nicht einzigartig im Universum sind, wie uns einige vormachten, sondern nur ein unbedeutender Teil des großen Ganzen sind.

›› Alle Mann auf die Brücke! ‹‹, hallt es mit der Stimme von Captain Aldrich durch die Gänge der Explorer. Eine Minute später sind alle, die sich an Bord befinden, auf der Brücke versammelt. ››Meine Herrn! Dies ist eine Situation, die niemand voraussehen konnte. Wir können nicht einfach unser Schiff diesem Gegner übergeben. Die Informationen die dieses Volk durch unsere Kapitulation erhalten würde, könnte die Existenz der gesamten Menschheit bedeuten! Es gibt nur ein Mittel, wir müssen unsere Haut so teuer wie möglich verkaufen. Wir haben nur eine Möglichkeit, den Gegner kommen zu lassen und ihn mit Handfeuerwaffen zu bekämpfen. Also meine Herren, bedienen Sie sich im Waffenschrank, bitte keine falsche Bescheidenheit! Zur erweiterten Lage: Unser Schiff ist technisch tot, die Waffe, die Sie gegen uns eingesetzt haben, ist eine Art Frequenzbombe, die alle computerunterstützten Systeme lahmgelegt hat. Nur die primären Systeme, die für die Lebenserhaltung der Besatzung notwendig sind, haben Sie uns gelassen. Wir müssen zum Schein auf eine Kapitulation eingehen und den Gegner an uns andocken lassen. Wenn überhaupt keine Möglichkeit mehr besteht, diese Situation in den Griff zu bekommen, verlangt es unsere Verpflichtung der Menschheit gegenüber, unser Schiff zu sprengen! Berger und Rain sollen den Fusionsantrieb so manipulieren, dass er, wenn nötig, zur Detonation gebracht werden kann. Hat noch jemand Fragen?‹‹

Die beiden Piloten der Explorer und Berger sehen nicht gerade begeistert, über Aldrichs Plan aus.

››Bone, Klein, Sie beide kommen mit mir, ich habe noch einen Spezialauftrag für Sie!‹‹

Was Aldrich damit meint, war mir zu diesem Zeitpunkt noch unklar.

››Wir haben nicht nur das Problem mit unseren außerirdischen "Freunden", sondern auch mit einem Teil unserer Mannschaft. Wie Sie beide vielleicht selbst bemerkt haben, geht Berger und meinen zwei Piloten der Arsch auf Grundeis. Bei Rain bin ich mir da nicht so sicher, wie weit wir uns auf den verlassen können. Bei Euch Zweien, glaube ich, dass ich mich verlassen kann. Nun Klein, wenn Sie als Draufgänger nur halb so gut sind, wie bei den Frauen unserer so "innig geliebten" Regierungselite, dann habe ich keine Bedenken, dass unsere Gegner viel zu lachen haben. Und bei Ihnen Bone, wenn Sie so handeln, wie Sie Reden schwingen, dann haben wir sogar eine kleine Chance, diese Situation zu überleben. Und nun zu meinem Plan: Sie, Bone, haben die schwerste Aufgabe! Sie müssen sicherstellen, dass das Schiff im Notfall vernichtet wird. Unsere beiden Spezialisten am Computer brauchen vielleicht ein bisschen Nachdruck, damit sie nicht auf falsche Gedanken kommen. Mit Ihnen Klein und meinen Piloten, werden wir unseren Gegnern einen heißen Empfang bereiten. Ich werde Ihnen den Rücken freihalten und Sie mir, Klein. Wir haben nicht mehr viel Zeit, in 10 Minuten läuft das Ultimatum unseres Gegners ab. Bone, gehen Sie mit Rain und Berger in den Reaktorraum und bereiten Sie alles Nötige vor! Zögern Sie auf keinen Fall das Schiff zu sprengen!!‹‹

Einen Moment später flammt der Hauptbildschirm in der Kommandozentrale auf, das erste Mal sehen wir unsere Gegner von Angesicht zu Angesicht. Wenn die Lage nicht so ernst wäre, könnte man glauben, man ist in einem schlechten Science-Fiction-Film. Aus den Lautsprechern ertönt die Stimme unseres Gegenübers.

››Das Ultimatum ist abgelaufen, Menschen! Kapituliert und übergebt Euer Schiff oder geht mit ihm unter!‹‹

››Hier spricht Captain Aldrich. Legen Sie seitlich an unser Schiff an und kommen Sie an Bord, damit ich Ihnen das Kommando übergeben kann.‹‹ Ein funkelndes, triumphierendes Leuchten ist kurz in den Facettenaugen des Patriarchen Concon zu sehen. ››Captain Aldrich, Sie werden in 10 Minuten ihrer Zeitrechnung auf der Backbordseite ihres Schiffes die Schleuse öffnen, damit ich mit meiner Crew an Bord kommen kann! Alle Ihre Besatzungsmitglieder haben bei der Übergabe des Schiffes anwesend zu sein! Keine Tricks, ansonsten bedeutet es den Tod aller Ihrer Leute. Das ist keine leere Drohung, wir handeln rigoros!‹‹

Als der Bildschirm erloschen ist, kommt der Befehl von Aldrich: ››An alle an Bord! Schnellstens Druckanzüge anziehen!‹‹

Das Schiff der Natrill nähert sich langsam bis auf wenige Meter an die Explorer heran. Gleichzeitig fährt es eine Teleskopschleuse aus und legt am Schleuseneingang der Explorer an. Der Unterdruck an der Sauglippe der Teleskopeschleuse sorgt für eine absolut luftdichte Verbindung zwischen den beiden Schiffen.

›› Cecen, Sie übernehmen während meiner Abwesenheit das Kommando über unser Schiff. Scannen Sie ununterbrochen das Menschenschiff nach Unregelmäßigkeiten! Sollte etwas nicht in Ordnung sein, bin ich sofort zu informieren! Haben Sie alles verstanden?‹‹ ›› Jawohl, erhabener Concon, ich werde Ihre Operation im Schiff der Menschen mit aller Aufmerksamkeit verfolgen. Bei einem Hinterhalt werde ich alle Maßnahmen einleiten, die erforderlich sind, um Sie, erhabener Concon, aus der Gefahrenzone zu bringen. Anschließend greife ich mit aller Härte gegen unsere Gegner durch.‹‹

Mit zehn Mann seiner Crew steht Concon vor der Schleuse. Als diese sich öffnet, sieht er sofort, dass niemand der Crew der Explorer anwesend ist. „So ...so, diese Menschen wollen mich wohl herausfordern - das können sie haben!", denkt er.

››Cecen! Alle Besatzungsmitglieder in höchste Alarmbereitschaft! Die Menschen wollen mit uns ein Spiel treiben.‹‹ ›› Captain Aldrich, das ist Ihre letzte Chance! Stellen Sie sich mit Ihren Leuten, ansonsten setzen wir Gewalt ohne Rücksicht auf das Leben Ihrer gesamten Crew ein!‹‹

Es bleibt still, nichts rührt sich. Concon zeigt das erste Mal Unbehagen in seinen Reaktionen.

›› Bei Feindkontakt sofortiger Angriff! ‹‹, kommt es über Concons Lippen, wenn man bei Insektenartigen von Lippen sprechen kann. Cecen hat absichtlich alle Funkkanäle offen gelassen, damit jeder der Crew der Explorer die Entschlossenheit der Natrill mitbekommt. Dieser psychologische Trick zeigt bei Berger und bei einem der Piloten Wirkung. Man sieht Angst in ihren Augen.

„Hoffentlich verlieren sie nicht die Nerven!“, das ist der einzige Gedanke der Aldrich im Moment quält. ›› Bone, wie weit sind Sie mit Ihren Leuten?‹‹, hallt die Stimme von Aldrich durch die Gänge. ›› Sie müssen uns noch mindestens **10** Minuten Zeit verschaffen, dann sind wir soweit!‹‹, kommt die Antwort von Bone zurück.

Jetzt wissen die Natrill, dass die Menschen etwas im Schilde führen. ››Concon an Cecen, schicken Sie mir alle verfügbaren Krieger in das Menschenschiff! Wir machen keine Gefangenen. In den Computern ihres Schiffes sind genug Informationen, sodass wir keine Gefangenen brauchen. Aber Vorsicht, wir dürfen ihr Schiff nicht zerstören!‹‹

Spätestens ab diesem Zeitpunkt sind sich alle an Bord der Explorer im Klaren, dass es nur eine Möglichkeit gibt, nämlich die, seine Haut so teuer wie möglich zu verkaufen. Aldrich macht einen bedrückten Eindruck, innerlich ist er aber froh über die Ankündigung ihres Gegners, keine Gefangenen zu machen. Diese Tatsache macht es ihm in Wirklichkeit viel einfacher. Jetzt wissen auch Berger und die beiden Piloten Francis und Steiner, dass es auch für Sie nur um das nackte Überleben geht.

››Die geschlossene Innentür der Schleuse ist die einzige Barriere, die von den Natrillkriegern überwunden werden muss!‹‹, kommt die Information von Aldrich. ››Wenn sie dort durchbrechen bevor Bone, Berger und Rain fertig sind, dann Gnade uns Gott!‹‹

Momente später wird die Innentür der Schleuse aus ihrer Verankerung gesprengt, blitzschnell stürmen die ersten

Kämpfer der Natrill in das Schiffsinnere! Im Kugelhagel der Verteidiger zerfetzt es mehrere der Angreifer durch Explosivgeschosse, die von Aldrichs Leuten eingesetzt werden. Normale Munition mit Teilmantelprojektilen, wie Klein sie verwendet, können die Angreifer nicht aufhalten. Zwei der Natrillkrieger sind Klein schon bedrohlich nahegekommen, als Aldrich katzenhaft dazwischen springt und mit seinem etwa fünfzig Zentimeter lagen Kampfmesser die beiden Angreifer in Stücke schlägt. Im Hintergrund; kann man einen verstummenden Schrei von Francis vernehmen, für ihn ist es vorbei! Beim Hinsehen, was mit ihm los ist, sehen wir, dass ihm der Kopf abgetrennt wurde. Unser Glück ist es, dass die Natrillkrieger nur ihre Sekundärwaffen, eine Art Säbel, einsetzen dürfen. Die Laserwaffe, die sie bei sich tragen, dürfen sie auf Befehl von Patriarch Concon aus Gründen der Sicherheit für die beiden Schiffe nicht benutzen. Der Anblick von Francis' leblosem Körper lässt Steiner komplett die Nerven verlieren, er stürzt sich auf die Angreifer, ohne auf seine Deckung zu achten. Nur Sekunden später liegt sein Körper zerstückelt von den Waffen der Natrill neben dem seines Freundes. Die insektenartigen Angreifer zeigen eine Geste des Triumphes, indem einer alleine den toten Körper Steiners mit spielerischer Leichtigkeit mehrere Meter zur Seite wirft.

›› Bone, wie weit seit Ihr?‹‹, ruft Aldrich in Richtung Reaktorraum. ››Wir brauchen noch 3 Minuten!‹‹, kommt die Antwort.

Aldrich macht uns allen klar, wieso er seinen Spitznamen "der Schlachter vom Mars" hat. Mit seiner katzenhaften Art bewegt er sich zwischen unseren Gegnern als existierten sie überhaupt nicht. Von einem der toten Natrill nimmt er die säbelartige Waffe an sich. Noch nie, nicht einmal in Filmen, habe ich gesehen, wie ein einziger

Mann solch ein Massaker unter seinen Gegnern anrichten kann.

››Captain Aldrich, wir sind soweit!‹‹, hört man die Stimme Bones durch den Gang. ››Bone, besteigen Sie mit Berger und Rain eine der Rettungskapseln und aktivieren Sie die Zünder auf 300 Sekunden, das ist ein Befehl! Bringt Euch in Sicherheit, viel Glück!‹‹

››Cecen an Patriarch Concon! Schnell bringt Euch in Sicherheit Exzellenz, die Menschen haben die Selbstzerstörung ihres Schiffes aktiviert!‹‹

Aldrich steht inmitten seiner getöteten Gegner, als sich plötzlich alle Angreifer überraschend zurückziehen. Dadurch hat einer der verletzten Krieger am Boden eine Unachtsamkeit Aldrichs ausgenützt und ihm eine tiefe Fleischwunde am Oberschenkel zufügt.

››Bringen Sie sich in Sicherheit, Klein!‹‹, schreit mich Aldrich an. ››Sir, ich gehe nicht ohne Sie! Ich helfe Ihnen, gemeinsam schaffen wir es bis zum Hangar der Rettungskapsel!‹‹ ›› Sie sind verrückt, Klein! Sie brauchen Glück, wenn Sie es alleine schaffen wollen, bevor alles hochgeht!‹‹

›› Erhabener Concon, wir haben gerade noch genug Zeit uns vom Schiff der Menschen zu entfernen, bevor es zerstört wird.‹‹ ›› Cecen, leite alle notwendigen Maßnahmen ein!‹‹ Fünf Minuten später: ››Wieso ist das Schiff der Menschen noch nicht explodiert, Cecen? Wir haben uns viel zu früh zurückgezogen!‹‹

Die Antwort lässt nicht lange auf sich warten, die Explorer löst sich explodierend in einem Feuerball auf.

›› Bone an Aldrich, bitte melden! ‹‹, keine Antwort!

Drei Minuten zuvor: ››Wir sind gleich bei der Rettungskapsel Sir, warten Sie ich helfe Ihnen beim Einsteigen. Sir schnallen Sie sich bitte an, ich schieße uns raus, aus der Explorer.‹‹ ›› Klein, ich glaube, Bone mit seinen Helfern hat Scheiße gebaut, die Explorer ist immer noch nicht explodiert.‹‹ Kaum hat Aldrich diesen Satz ausgesprochen, erhellt der Feuerball der sich in Nichts auflösenden Explorer diesen Teil des Sonnensystems blendend hell. ›› Das Schiff der Natrill hat sich rechtzeitig, noch bevor Bone und die anderen unser Schiff verlassen haben, in Sicherheit gebracht ‹‹, bemerkt Klein. ››Wir und auch Bone mit Rain und Berger haben das Problem, dass durch diese Art von Frequenzbombe der Natrill alle Funkverbindungen tot sind. Hilfe für uns wird es keine geben, da wir in der Kapsel nicht länger als 3 Tage überleben können.‹‹

››Cecen, haben Sie die Rettungskapseln der Menschen geortet?‹‹ ››Ja, erhabener Concon, wir werden sie in Kürze an Bord holen.‹‹ ››Ortung, Ortung...., ein unbekanntes Raumschiff tritt in diesen Sektor ein, erhabener Concon!‹‹ ››Schiff in Gefechtsbereitschaft versetzen!‹‹, dies sind die letzten Worte, die Patriarch Concon noch wahrnehmen kann, bevor sein Schiff im Feuersturm des angreifenden Schiffes verglüht.

›› Das alles ist selbst für mich zu viel! Gestern glaubte ich noch, wir sind die Einzigen im Universum - und jetzt sehe ich innerhalb weniger Stunden das zweite Raumschiff eines uns unbekannten Volkes!‹‹

Dieser Satz aus dem Mund eines Mannes, der für den menschlichen Verstand Unmögliches leistet, bringt mich ein bisschen aus dem Gleichgewicht. Bewundernswert dieser Aldrich, der für seine Crew und das Wohlergehen der gesamten Menschheit ohne darüber nachzudenken sein Leben gegeben hätte! Gott sei Dank kann ich die Verletzung von Aldrich so versorgen, dass sie keine Gefahr mehr für sein Leben darstellt. „Wie können wir überleben? Ich muss etwas unternehmen!“ geht es mir durch den Kopf.

WUNDERSAME RETTUNG

››Wer zum Teufel sitzt in diesem Schiff, das den Natrill den Rest gegeben hat? Und wieso machen sie uns nicht auch gleich fertig oder helfen uns aus dieser misslichen Lage? Diese Außerirdischen spielen mit uns ein verrücktes Spiel, in dem wir nur ihre Schachfiguren sind! Ruhen wir uns ein wenig aus, Klein, wir können sowieso nichts tun.‹‹

Als ich diese Worte aus dem Mund von Aldrich höre, der für mich das größte Vorbild ist, seit ich gesehen habe, wie er für seine Ideale kämpfen kann, bin ich sprachlos! Ich habe mich immer Zeit meines Lebens auf meine Sprachgewandtheit und meinen Charme bei den Frauen verlassen. Aber die letzten 24 Stunden haben mich zu einem Umdenken in meiner Lebensauffassung bewegt. Eines wundert mich, wie kann Aldrich in so einer Lage schlafen?

››Annäherungsalarm!‹‹ Das Schiff einer unbekannten Spezies nähert sich uns! Es ist ein relativ kleines Schiff, vielleicht dreißig Meter lang. Die Laderaumschleuse ist offen, durch eine unsichtbare Kraft werden wir an Bord des unbekannten Schiffes geholt. Durch die Sichtluken in der Kapsel können wir erkennen, dass die Rettungskapsel von Bone und seinen Begleitern schon an Bord ist. Nach der automatischen Verankerung unserer Kapsel schließt sich die Luke des Laderaums. „Weshalb werde ich auf einmal so müde? Ausgerechnet jetzt, wo alles so neu und aufregend ist!“

››Schaut hin, die holen noch eine zweite Kapsel von der Explorer an Bord - vielleicht hat noch jemand außer uns überlebt?‹‹, diese Worte bringt Bone noch hervor, bevor auch er und seine Gefährten das Bewusstsein verlieren.

„Diese Stille, nur Vogelgezwitscher, ein ruhiges Rauschen eines Baches und der Duft von Bäumen und Pflanzen, die im Frühling blühen. Wo bin ich hier?“ Es dauert eine ganze Weile, bis ich begreife, was um mich herum geschieht. Aldrich, Klein, Rain und Berger liegen neben mir im Gras und schlafen. „Was ist hier los, was tun wir hier?“

›› Ausgeschlafen, Mr. Bone?‹‹ ››Wer spricht da mit mir? Geben Sie mir eine Antwort!‹‹ ›› Ich warte bis alle Ihre Begleiter wieder fit sind, dann werde ich Ihnen allen gemeinsam Rede und Antwort stehen. Sind Sie in der Zwischenzeit Gast, in meinem bescheidenen Heim.‹‹

Von wegen bescheiden! Diese Unterkunft, in der wir untergebracht sind, übersteigt jede menschliche Vorstellungskraft. Selbst die Schmerzen und die negativen Empfindungen nach meiner Haft auf dem Mars sind nicht mehr vorhanden. In ersten Moment könnte man glauben, man ist im Himmel!

Gut zwei weitere Stunden vergehen, bis alle wieder im Besitz ihrer vollen geistigen Kräfte sind. Als wir gerade in einer Unterhaltung über das Unglaubliche, das im Moment mit uns passiert, sind, hört man aus einem Lautsprecher die mir bereits vertraute Stimme: ››Meine lieben Gäste, ich hoffe, Sie fühlen sich bei mir wohl! Ich möchte mich kurz bei Ihnen vorstellen: Mein Name ist Ak`Gion. Unter den Völkern im bekannten Universum nennt man mein Volk "Schatten der Sterne" - vielleicht deshalb, weil kein Außenstehender meine Heimatwelt "Makateh" kennt. Sie werden sich vielleicht fragen, wieso ich Sie aus ihrer Lage gerettet habe? Nun, aus persönlichen Gründen sicher nicht. Aber wollen wir ernst bleiben! Bei uns auf Makateh bestimmt der Hohe Rat der Weisen über Schicksal und Zukunft unseres Volkes. Dieser Rat hat sich in den letzten 10.000 Jahren ihrer Zeitrechnung noch nie bei wichtigen Entscheidungen geirrt. Das ist also schon viel länger als Ihre Zivilisation im Besitz von Technik ist. Nach meinem eigenen Ermessen ist es Ihre Zivilisation nicht wert, von uns unter Schutz genommen zu werden! Aber unser Oberster im Rat, Rey Meyesty, ist davon überzeugt, dass Ihre Kultur schützenswert ist. Darüber hinaus möchte ich Sie informieren, dass Sie nicht einfach wieder in Ihre Zivilisation zurückkehren können. Dies würde, wenn auch nur einer von Ihnen über das Geschehene spricht, nicht nur für Ihre Welt, sondern auch für diesen Teil der Milchstraße mit seinen Völkern, nicht voraussehbare Folgen haben! Aber jetzt zu etwas Erfreulicherem: Dieser Natrill Patriarch war so besessen von dem Gedanken, Eure Welt für sich zu beanspruchen, dass er aus reinem Egoismus die Positionsdaten Eures Systems nicht an seine Heimatwelt weitergegeben hat. Euer Verschwinden werde ich als tragischen Unfall hinstellen. Machen Sie sich mit der Tatsache vertraut, dass Sie in näherer Zeit Ihre Heimat nicht mehr sehen! Überdenken Sie ihre Lage, morgen zur selben Zeit werden wir uns bei einem gemeinsamen Essen gegenübersitzen.«

Die Stunden bis zum Treffen mit dem Vertreter dieses Volkes wollten einfach nicht vergehen. Wahrscheinlich macht die Neugier die Wartezeit nur noch unerträglicher. Als Klein mir gerade von Aldrich erzählt, wie er praktisch im Alleingang mit den Natrillkriegern fertig wurde, betritt ein junger Mann um die 25 Jahre den Raum.

»Wir sind doch nicht die einzigen Menschen hier.« bemerkt Rain.

››Da haben Sie recht, ich bin ein Mensch wie Sie oder aber auch nicht, auch wenn ich so aussehe. Meinen Namen kennen Sie ja schon, ich bin Ak'Gion. Wenn Sie mich so sehen, werden Sie vielleicht verstehen, wieso unser Rat so interessiert ist, Ihr Volk zu schützen. Unser Oberster im Rat, Rey Meyesty, vertritt die Meinung, wir müssen Euch Menschen schützen, da Ihr in Eurem Erbgut viele der Gene habt wie unser Volk. Der Rat möchte, dass Sie alle auf unsere Heimatwelt Makateh kommen. Ich werde Sie dorthin bringen. Es nimmt aber noch 25 Tage Ihrer Zeitrechnung in Anspruch, bis wir nach Makateh reisen können. In der Zwischenzeit werde ich Ihnen einige wichtige Dinge beibringen, die in meiner Zivilisation von großer Bedeutung sind. Durch die Vorfälle, die in den letzten Tagen passiert sind, wird die Präsenz meines Volkes in diesem System verstärkt. In Zukunft werden immer zwei Wächter für die Sicherheit der Menschheit im Solarsystem verantwortlich sein. Und nun zu Tisch, guten Appetit, lassen Sie sich die Mahlzeit schmecken!‹‹

››Jetzt mal ganz langsam für die, die nicht so schnell denken! Sie planen unsere Zukunft ohne uns zu fragen, finden Sie das in Ordnung?‹‹

Der Tonfall, mit dem Aldrich diesen Satz gesagt hat, lässt Ak'Gion kurz durchatmen. Er merkt sofort, mit Aldrich hat er jemanden gefunden, der ihm trotz seiner technischen Überlegenheit in vielen Belangen ebenbürtig ist. Leichtes Unbehagen merkt man in Ak'Gion's Reaktionen.

››Ich sehe schon, einige von Ihnen wollen mit mir in Konfrontation gehen! Gut so! Auch wenn ich so aussehe wie Sie, glauben Sie mir, der Unterschied ist größer als Eure Entwicklung der letzten 10.000 Jahre!‹‹

Auf diese Antwort war nicht einmal Aldrich gefasst, selbst diesen abgebrühten Kerl macht die Aussage Ak'Gions nachdenklich. Aus Verlegenheit fragt er: ››Was kann man zum Zeitvertreib unternehmen?‹‹ ››Wenn jemand Interesse hat, kann er gerne ein Körperertüchtigungstraining, wie es bei uns zu Hause in der Schule mit Fünfzehnjährigen durchgeführt wird, mitmachen.‹‹

Ak`Gions Augen funkeln, man kann genau sehen, er will uns eine Abreibung verpassen, die wir nicht so schnell vergessen. Gesagt, getan! Unser Gastgeber zeigt uns Übungen, die nach seiner Aussage bei Ihnen die fünf- bis sechsjährigen Kinder in der Turnstunde absolvieren. Was für uns alle vollkommen unglaubwürdig ist! Die Übungen zeigen uns unsere Grenzen. Man spürt förmlich das innere Lachen Ak`Gions! Zu allerletzt bezeichnet er uns als Mädchen, die lieber mit Puppen spielen, als ein richtiger Kerl zu sein. Das war genau das, was einen berechnenden und besonnenen Kämpfer wie Aldrich aus der Fassung bringt.

›› Wenn Sie schon so gut sind, "Herr" Ak`Gion, dann treten Sie doch gegen mich an!‹‹ ›› Aber gerne!‹‹ kommt es wie aus der Pistole geschossen. Ich merke sofort, auf diese Gelegenheit hat Ak`Gion gewartet! ››O.K., ein fairer Zweikampf ohne Waffen, nur mit den Fäusten ‹‹, meint Aldrich. ›› Ist in Ordnung! Von mir aus können Sie auch jede Waffe einsetzten, die Ihnen in den Sinn kommt.‹‹

Nach diesem Spruch sieht Aldrich rot, das ist zu viel für sein Ego! Ich bin so überzeugt, dass Aldrich dem überheblichen, voreingenommenen Ak`Gion seine Grenzen aufzeigen wird, dass ich mit Bone und den anderen gewettet habe, und zwar Zwei zu Eins auf Aldrich. Am darauf folgenden Tag treffen sich alle Beteiligten in der Sportanlage von Ak`Gions Basis.

Ak`Gion äußert noch vor dem Kampf: ››Der Beste von Euch ist nicht gut genug für mich!‹‹

Aldrich vibriert innerlich, die Gelassenheit von Ak`Gion lässt nichts Gutes für meine Wetten hoffen. Aldrich, die Kampfmaschine bei uns im Solarsystem schlechthin, wird durch den blitzschnellen Angriff von Ak`Gion dermaßen überrascht, dass er nach weniger als 5 Sekunden kampfunfähig aufgeben muß. Diese Erfahrung zeigt uns dieses Volk in einem neuen Licht! Bis zu unserer Abreise nach Makateh suchen wir so wenig wie möglich die Konfrontation mit Ak`Gion, sondern befassen uns mehr mit den neuen Gegebenheiten und versuchen vieles über sein Volk zu lernen.

Seit dem Nahkampf, den Aldrich mit dem Natrillkriegern ausgefochten hat, verfolgt ihn Klein auf Schritt und Tritt. Er bringt ihm große Bewunderung entgegen. Kein Wunder, er hat ihm ja auch das Leben gerettet und das von Rain, Berger und mir auch! Dieser Mann ist wirklich bewundernswert! Bei den Marsunruhen in den Siebzigerjahren soll er im Alleingang über achtzig Heckenschützen eliminiert haben.

MAKATEH

Die Sonne, um die Makateh seine Umlaufbahn zieht, ist 129 Lichtjahre von der Erde entfernt. Makateh ist ein Mond, der einen Gasgiganten mit der mehr als fünffachen Masse von Jupiter umrundet. Die Schwerkraft ist um 5% höher als auf der Erde. Irdische Astronomen haben den Planeten "Maka", um den Makateh kreist, schon am Anfang des 21. Jahrhunderts nachgewiesen, wissen jedoch nichts über seine Monde. Einzig, dass er um einen G5 Stern kreist.

››Meine Herrn, wir sind im Anflug auf Makateh. Bitte erwähnen Sie nichts über unsere kleine sportliche Veranstaltung! Meine Vorgesetzten lieben solche Spiele nicht.‹‹

Das Schiff Ak'Gions schwebt in einem Orbit um Makateh. Kein Schiff darf im direkten Anflug auf dieser Welt landen. Der Raumhafen von Makateh befindet sich auf einem kleinen Mond, der diese Welt in einem nahen Orbit umrundet. Kurz nach der Landung werden wir in eine Raumfähre verfrachtet, die uns direkt auf Makateh bringt.

»Diese Welt ist von so vollkommener Schönheit, dass man sofort sieht, dass die natürliche Weiterentwicklung nicht alleine der Grund dafür sein kann«, bemerkt Berger.

Die Ordnung und das gesamte Erscheinungsbild dieser Welt lassen keinen Zweifel offen: Dieses Volk liebt die schönen Dinge im Leben und hat sehr viel für Künste, die Architektur in Harmonie und Einheit mit der Natur übrig. Eleganz und ein guter Ausgleich im Übergang von Natur und Architektur lassen die Landschaft und die Bauten ineinander verschmelzen. Mitten in den Wohnbezirken leben Wildtiere, die der Mensch schon längst getötet hätte.

»Habt Ihr hier auf Eurer Welt keine Probleme mit den freilaufenden Wildstieren durch Angriffe auf die Bevölkerung?« fragt Rain erstaunt. » Glauben Sie mir, im Vergleich, wie Ihr Menschen mit Euch selbst und untereinander umgeht, sind dies alles Kuscheltiere!«, ist seine Antwort. » Ich werde Sie jetzt zum Hohen Rat führen, dort werden Sie erfahren, was die Zukunft für Sie bringt.«

Der Weg zum Sitz des Rates führt uns durch Gärten, die selbst einen japanischen Landschaftsgärtner in Erstaunen versetzt hätten. Die Anlage, die wir betreten, ist von so genialer Architektur, dass sie sich in das gesamte Erscheinungsbild harmonisch einfügt. Die Einheimischen von Makateh sehen auf den ersten Blick wie du und ich aus. Bei genauerem Hinsehen erkennt man, dass die höhere Schwerkraft dieses Mondes ihre Körper kräftiger und athletischer ausgestattet hat. Auf der Erde sind nur gut trainierte Sportler mit solch sehnigen, muskulösen Bodys gesegnet.

»Bis jetzt ist mir noch kein Fettleibiger bei Ihrem Volk aufgefallen - gibt es so etwas bei Euch nicht?« will Aldrich wissen. »Nur in ganz seltenen Fällen, vielleicht einer unter einer Million, und das auch nur, wenn der Betreffende unter einer unheilbaren Stoffwechselerkrankung leidet « , gibt Ak`Gion beiläufig zu Protokoll.

»Ak`Gion, Sie sind ganz anders als die anderen Bewohner Ihrer Welt. Diese sind sehr freundlich und zuvorkommend, bei Ihnen dagegen ist etwas leicht Arrogantes, Ruppiges an Ihrem Charakter festzustellen!«,reibt Aldrich seinem insgeheimen Widersacher unter die Nase. Gar nicht beleidigt antwortet Ak`Gion: » Sie sind ein guter Beobachter, Aldrich! Ich bin genauso ein Mensch wie Sie! Diese Tatsache habe ich auch erst leidvoll erfahren müssen, als mich der Rat vor drei Jahren in Euer Sonnensystem geschickt hat. Rey Meyesty, der Oberste im Rat, hat mich bei seinem letzten Besuch auf der Erde mit hierher genommen. Meine Eltern sind bei einer der vielen Unruhen, die in den Fünfziger Jahren des 21. Jahrhunderts auf der Erde wüteten, ums Leben gekommen. Ich war damals etwas älter als ein Jahr. Rey hat mich aufgezogen, als sei ich sein eigener Sohn. Er befasste sich sehr intensiv mit meiner Ausbildung, lehrte mich alles und machte mich zu dem, der ich heute bin. Sie sehen Aldrich, es besteht Hoffnung: Wenn Sie gut trainieren, vielleicht können Sie mich einmal schlagen!« »Darauf können Sie sich verlassen Ak`, diese Zeit wird kommen!«, betont Aldrich.

»Jetzt Haltung einnehmen, wir sind gleich vor dem Hohen Rat! Und sprechen Sie nur, wenn Sie etwas gefragt werden! In unserer Gesellschaft eröffnet immer der Ältere oder Ranghöhere ein Gespräch, dies ist der Respekt, der Erfahrung und Weisheit gebührt.«

Wir werden in einen kreisförmigen Raum ohne Fenster geführt, in dessen Mitte ein runder Tisch steht, an dem zehn Personen im Kreis sitzen. Der Raum hat eine Glaskuppel, durch die man die Schönheit des Mutterplaneten von Makateh sieht, " Maka ". Ein leises Surren, der Tisch teilt sich und die 10 Personen im Raum sitzen uns in zwei Halbkreisen gegenüber. Der Rat besteht, soweit man feststellen kann, aus fünf Frauen und fünf Männern. Allesamt sehr beeindruckende Persönlichkeiten. Zwei der Ratsmitglieder stehen auf, eine Frau und ein Mann: »Wir möchten uns bei Ihnen vorstellen; dies ist Ratsmitglied Erki Makey, meine Stellvertreterin und ich bin Rey Meyesty, der Vorsitzende des Rates. Ich möchte Ihnen sagen, dass es nicht unsere Absicht war, Sie hierher zu holen. Die außergewöhnlichen Umstände, die sich in den letzten Wochen in Ihrem Sonnensystem ergeben haben, zwingen uns, Sie einige Zeit bei uns als Gäste unterzubringen. Mit viel Glück konnten wir verhindern, dass das Volk der Natrill ihr Sonnensystem nicht an das Imperium von Trillon angegliedert hat. Auf Trillon, dem Heimatplaneten dieses Insektenvolkes, wird man sicher eine Suchexpedition organisieren, um den Verbleib eines ihrer Forschungsschiffe zu untersuchen. Unsere Kontaktleute im Natrill - Imperium haben uns mitgeteilt, dass Patriarch Concon Freunde in der Regierung dieses Volkes hat. Diese werden möglicherweise eine intensive Untersuchung wegen des Verschwindens ihres Freundes einleiten. Der Machthunger und die Angst, jemand könnte ihm die Entdeckung Eures Sonnensystems streitig machen, haben den Patriarchen auf eigene Faust handeln lassen. Dadurch blieb die Position Eures Sonnensystems für andere Völker unbekannt! Und nun zu Ihnen meine Herrn! Vielleicht haben Sie sich schon gewundert, wieso wir alle so gut Ihre

Sprache sprechen. Wir sprechen nicht Ihre Sprache, nein, Sie sprechen unsere Sprache! Wie das geht, möchten Sie wissen? Ganz einfach: Wir haben während des Fluges zu unserer Heimatwelt Ihr Gehirn im Schlaf mit Gedankenmustern und Informationen berieselt, die einen bleibenden Einfluss auf Ihr Wissen haben. Wir werden Sie während Ihres Aufenthalts bei uns auf verschiedenen Spezialgebieten ausbilden und Sie, wenn möglich, mit einer neuen Identität nach Hause in Ihr System bringen. Ihr Wissensstand wird den eines auf der Erde geborenen Menschen um ein Mehrfaches übertreffen! Sie werden aber von uns keine Informationen bekommen, die den Menschen interstellare Raumfahrt möglich macht. Wieso wir das tun? Der Mensch als solcher, ist gefährlicher als jedes Raubtier im bekannten Universum. Er tötet nicht nur, um zu essen, wie es Tiere tun, nein, er tötet aus Lust, Habgier, Eifersucht und aus noch hunderten niederen Beweggründen. Es wäre von uns unverantwortlich, die Menschen mit modernster Raumfahrttechnik auf die anderen uns bekannten Völker loszulassen! Die Folgen könnten das komplette Chaos für alle Spezies in unserer Galaxie bedeuten. Hier auf Makateh lebt von allen intelligenten Völkern, die wir kennen, eine kleine Kolonie von bis zu hundert Individuen. Darunter sind siebzehn menschenähnliche und achtunddreißig Andersartige. Selbst Angehörige des Volkes der Natrill leben hier. Alle auf Makateh lebenden Individuen sind uns loyal ergeben. Bevor ich Ihnen noch mehr über mein Volk erzähle, muss ich mit meinem Sohn Ak`Gion noch einiges besprechen. In der Zwischenzeit wird Ihnen meine gute Freundin und Ratgeberin Erki Makey ihre Fragen beantworten.«

Erstaunt über die freizügige Art Rey Meyesty`s Informationen über sein Volk preiszugeben, stellen wir unsere Fragen: »Können Sie uns sagen, wo wir hier bei Ihnen unser Wissen erweitern können?«, wollen Rain und Berger in Erfahrung bringen. Mit ihrer freundlichen und informativen Art erklärt uns diese wunderschöne Frau alles, was wir wissen wollen. Allein diese Stimme, mit der Sie spricht, lässt den Puls höher steigen, nicht einmal Aldrich blieb dabei emotionslos.

››Wenn jemand noch mehr Fragen hat, ich werde sie gerne beantworten!‹‹ , sagt die Hohe Rätin nach gut 2 Stunden. ››Darf ich Ihnen auch eine private Frage stellen?‹‹, kommt es von Klein an Erki Makey . ››Nur zu, wenn ich sie beantworten kann gerne.‹‹ ››Würden Sie mir heute Abend die Ehre erweisen, mit mir zu essen?‹‹

Mit so einer Frage hat Erki Makey natürlich nicht gerechnet, aber von Klein, dem alten Schwerenöter, war ja nichts anderes zu erwarten. Man sah Erki Makey eine leichte Verlegenheit an, sie hatte aber sofort ihre Fassung wieder gefunden.

››Sie, mein lieber Klein, backen ganz schön große Brötchen! Aber weil Sie mich kalt erwischt haben, will ich nicht so sein und Ihnen die Ehre geben, mit mir am Abend zu essen. Ich lasse Sie um 7 Uhr nach Makateh Zeit abholen - oder kennen Sie schon ein gutes Restaurant bei uns?‹‹

Mit dieser Antwort hat wiederum Klein nicht gerechnet und der ist, was Frauen anlangt, mit allen Wassern gewaschen. Als Erki Makey uns verlassen hat, schauten wir alle Klein an und schütteln den Kopf.

››So ein frecher Hund!‹‹, kommt es über die Lippen von Aldrich. ››Eines sage ich Dir, Herr Klein, ich hoffe, Du weißt, wie man sich gegenüber einer Frau in dieser Position benimmt! Du lässt ja gar nichts anbrennen! Morgen werde ich ein ausgiebiges Kampftraining mit Dir beginnen, denn da hast Du noch sehr viel Nachholbedarf. Dann wirst Du schon auf andere Gedanken kommen!‹‹

So ernst war Aldrich nicht einmal gegenüber den Natrill...

Punkt 7 Uhr läutet es an der Tür. ›› Herr Klein, ich habe den Auftrag Sie abzuholen.‹‹ Ein Uniformierter, sicher zwei Meter groß, öffnet Klein die Einstiegstür eines Gleiters. Völlig lautlos schwebt das Gefährt in Richtung Parkanlagen davon.

›› Hast Du den gesehen? Wenn Klein keine Manieren hat, der wird sie ihn schon lehren! Dann kann ich mir das Training mit ihm sparen, hahaha ...‹‹

Vom Gleiter aus sieht man erst die vollkommene Schönheit dieser Welt. Diese Vielfalt an Blumen, Bäumen und anderen Pflanzen, kann unmöglich nur auf diesem Mond entstanden sein. Beim Bewundern der Landschaft kann ich in der Ferne ein einzelnes Haus an einem See erkennen. Die Landschaft erinnert ein bisschen an Kanada, auch das Haus hat einen ähnlichen Blockhaus-Baustil.

›› Sir, wir sind gleich da, bleiben Sie angeschnallt, bis wir gelandet sind!‹‹

Auf der Wiese vor dem Haus steht ein Tisch, der elegant gedeckt ist. Die beiden Stühle stehen an den Kopfseiten der ovalen Tafel.

Nach der Landung: ›› Nehmen Sie Platz Sir, Erki Makey, wird gleich bei Ihnen sein.‹‹

Mein Blick fällt gerade auf die Vögel, die im See schwimmen, als ich hinter mir jemanden näherkommen höre. Aus den Augenwinkeln sehe ich Erki Makey auf mich zukommen.

››Guten Abend! Ich hoffe, Sie hatten einen guten Flug hierher?‹‹

Mir bleibt komplett die Luft weg, so eine schöne, vollkommene Frau habe ich in meinem ganzen Leben noch nicht gesehen! Ich will etwas sagen, aber mir fehlen die Worte. Ich habe den Eindruck, sie weiß genau, wie sie auf mich wirkt! Mit einem Lächeln meint sie beiläufig: ››So ruhig? Heute Nachmittag, als Sie alle Ihre Freunde um sich hatten, waren Sie viel redseliger - brauchen Sie Publikum?‹‹

Also, diese Frau bringt mich total in Verlegenheit! Was soll ich nur sagen? Mir fällt nichts Vernünftiges ein.

››Wenn Sie schon so ruhig sind, dann werde halt ich versuchen, mit Ihnen ein Gespräch aufzubauen. Wie heißen Sie eigentlich mit Vornamen?‹‹ Verlegen sage ich: ››Alex.‹‹ ››Sie können ruhig lauter sprechen, ich beiße Sie nicht.‹‹

››Darf ich servieren, gnädige Frau?‹‹ ››Ja gerne, Merka - außer unser Gast möchte später essen?‹‹, sagt sie mich ansehend. ›› Mir ist es recht, jetzt zu essen.‹‹ ››Oh, Sie können ja doch noch sprechen, mein lieber Alex!‹‹

Man kann richtig sehen, wie Erki Makey es genießt, mich in Verlegenheit zu bringen. Derselbe zwei-Meter-Hüne, der mich hierher geflogen hat, serviert uns das Abendessen.

››Merka, schenkst Du uns bitte den Wein ein? Ach übrigens, Merka ist mein kleiner Bruder! Er passt auf mich auf, damit mich schlimme, ungezogene Jungs nicht in Verlegenheit bringen.‹‹

„Wenn das der kleine Bruder ist, möchte ich ihren großen erst gar nicht kennenlernen!“, sind meine Gedanken.

››Vielleicht macht ein Gläschen Wein unseren Gast ein wenig gesprächiger. Alex, erzählen Sie mir ein wenig aus

Ihrem früheren Leben, ich bin sehr neugierig, wie Ihr auf der Erde lebt.«

Ein Glas Wein ist zu wenig, aber nach dem Zweiten geht es dann schon ganz gut. Meinen Ruf als Herzensbrecher und alles, was damit zu tun hat, habe ich bei meinen Erzählungen einfach weggelassen. Sie lauscht ganz gespannt meinen Geschichten, fragt aber sofort nach, wenn sie etwas nicht verstanden hat oder für etwas eine Erklärung braucht. Ich bin so in meine Geschichten vertieft, dass es mir gar nicht auffällt, wie schnell die Zeit vergeht. Sie bringt mir viel mehr Interesse entgegen, als ich mir erwarten durfte.

Inmitten meiner Erzählungen: »Alex, ich möchte Sie etwas fragen, seien Sie ganz ehrlich und sagen Sie mir, was Sie über mich denken?«

»Um diese Frage zu beantworten, sollte Ihr Bruder besser nicht anwesend sein - ich würde den morgigen Tag gerne noch erleben!«

»So schlimm wird es schon nicht sein! Mein Bruder tut niemandem etwas, wenn ich ihn nicht darum bitte, außer jemand gefährdet meine Gesundheit. Also Alex, sag schon was du denkst, lüge mich aber nicht an! Ich habe die Gabe, jede Lüge zu erkennen. Ich habe sofort gemerkt, als Du mir über Dich erzählt hast, dass Du jeder Antwort, wenn es um Beziehungen geht, ausgewichen bist. Du brauchst Dich nicht genieren, dein Kopf wird ja ganz rot! Also erzähl einfach, was Du denkst!«

»Das ist zu viel für mich, noch nie hat mich eine Frau so durchschaut wie Sie!«

»Alex, lass das Sie, sag einfach Erki zu mir! Vielleicht ist es dann einfacher für Dich, mir ehrlich zu antworten.«

››In Ordnung Erki! Ich finde, Du bist die begehrenswerteste Frau, die mir in meinem Leben begegnet ist! Seit unserem ersten Treffen beim Rat, als ich Dich gesehen habe und deine Stimme hörte, bin ich in Dich verliebt. Ich bin ein verurteilter Gauner und Du eine der führenden Persönlichkeiten dieser Welt. Ich weiß, dass Du für mich unerreichbar bleiben wirst. Dennoch konnte ich nicht meinen Mund halten, als ich Dich auf ein gemeinsames Abendessen ansprach. Ich möchte mich für meine Dreistigkeit bei Dir entschuldigen! Trotzdem hoffe ich, dass wir gute Freunde werden können.‹‹

››Alex, wer sagt denn, dass ich für Dich unerreichbar bin? Komm zu mir, nimm mich in deine Arme, halte mich!‹‹

Das alles muss ein Traum sein! Vor ein paar Wochen als Verurteilter bei einer Strafexpedition in Richtung Titan unterwegs und jetzt in den Armen der schönsten Frau im Universum!! Die leidenschaftlichen Stunden mit Erki verfliegen viel zu schnell. Als ich aus dem Schlaf aufwache, steht ihr Bruder Merka neben mir. Er macht keine Anstalten wegen Erki und mir: ›› Erki hat mir aufgetragen, Sie in Ihre Unterkunft zurückzubringen. Sie meldet sich dann bei Ihnen. Im Moment hat sie dringende Staatsgeschäfte zu erledigen.‹‹

Eine halbe Stunde später liefert mich Merka in der Unterkunft bei meinen Freunden ab. Es dauert nicht einmal eine Minute, da ist schon die erste dumme Bemerkung am Tisch: ››Schaut Euch den an! So ein Grinsen, wie es der an den Tag legt, da muss ja ganz was Feines passiert sein! War das Essen gut?‹‹

››Ein Gentleman genießt und schweigt - kennt Ihr diesen Spruch?‹‹

DIE SCHULUNGEN

››Tööööööööööö!!!! Raus aus den Federn! Es ist schon seit über einer Stunde hell und Ihr liegt immer noch faul im Bett herum! Ak`Gion hat sich bereit erklärt, uns einige seiner Kampftechniken beizubringen. Ihr habt 20 Minuten für Frühstück und Morgentoilette!‹‹

››Aldrich, wo haben Sie dieses Krawallinstrument aufgetrieben? Stellen Sie es bitte ab, da wird einem ja die Frühstücksmilch sauer.‹‹

Klein ist seit meiner Einladung bei Erki Makey bei allem, was mit Fortbildung und körperlicher Ertüchtigung zu tun hat, voll motiviert. Die anderen reimen sich allerlei Verdächtigungen zusammen, die Klein und Erki Makey betreffen. Nach dem Frühstück führt uns Aldrich in die Trainingshalle, wo Ak`Gion schon auf uns wartet: ›› Zu spät meine Herrn! Bei uns ist pünktlich, drei Minuten zu spät! Es gehört zum guten Ton, immer ein paar Minuten vor dem Lehrkörper anwesend zu sein! Es ist eines unserer Grundprinzipien, unseren Lehrern Respekt und Hochachtung zu zollen. Das gilt in jeder Situation Ihrer Ausbildung! Vergessen Sie das nie, es hilf Ihnen schneller weiter zu kommen! ‹‹

Ak`Gion lässt uns spüren, was seine damalige Aussage "der Beste von Euch ist nicht gut genug für mich" bedeutet. Berger und Rain müssen schon nach gut 50 Minuten medizinisch versorgt werden. Klein und ich schaffen eineinhalb Stunden, wobei ich zugeben muss, Klein sieht noch um einiges besser aus als ich. Nach zwei Stunden Training steht Aldrich als Einziger von uns noch auf seinen Beinen. ›› Bewundernswert, Aldrich! Sie sind härter als ich dachte. Alle, außer Aldrich sind ein müder Haufen, Euch auf Vordermann zu bringen wird mich noch eine Menge Zeit kosten!‹‹

Unbemerkt im Hintergrund öffnet sich die Tür zur Trainingshalle. Rey Meyesty in Begleitung von Erki Makey betritt die Halle. Sie betrachten unsere geschundenen Körper. Erki Makey entlockt das ein leichtes Lächeln. Sie sieht in die Runde, ihr Blick bleibt an Klein hängen.

››Wie machen sich unsere Gäste?‹‹, will Rey Meyesty wissen. ››Nicht schlecht für den Anfang! Ich schätze, mit viel Training werde ich sie in fünfzig Tagen im Zustand eines Grundausbildungsabsolventen der Akademie haben.‹‹ ›› Ak`, nimm sie ruhig hart ran, aber überfordere sie nicht zu sehr! Mir liegt daran, dass alle früher oder später unsere Ausbildung erfolgreich abschließen.‹‹ ›› Ich verstehe, Vater!‹‹

Unsere gesamte Ausbildung geht gut voran. Nicht nur die Kampftechnische mit Ak`Gion, sondern auch die Ausbildungen, die unsere geistigen Fähigkeiten fordert, machen gute Fortschritte. Unsere Ausbildner sind nicht nur Menschenähnliche vom Volk der Sternenschatten, sondern auch andere wie die Natrill. "Rancen", ein Natrill, ist ein besonders faszinierender Lehrer. Seine Aufgabe ist es, uns über die verschiedenen Völker und Rassen im Universum aufzuklären. Er gestaltet seinen Unterricht so interessant, dass alle von uns voll fasziniert bei der Sache sind. Das Wissen, das Rancen besitzt, ist einfach unglaublich, selbst auf die ausgefallensten Fragen weiß er immer eine Antwort. Seine Erklärungen sind sehr ausführlich und einleuchtend. Hier auf Makateh gibt es so viel zu sehen und zu studieren, man müsste 1000 Jahre alt werden und trotzdem würde die Zeit nicht reichen alles in sich aufzunehmen. Eine wunderbare Welt !

EXPLORER ÜBERFÄLLIG ››General Michels, die planetare Überwachung meldet zwei Nuklearexplosionen in der Nähe von Titan! Es ist davon auszugehen, dass wir das Forschungsschiff Explorer verloren haben. Was im Moment unerklärlich ist, ist die Tatsache, dass es zwei Detonationen gegeben hat. Genaueres werden wir wissen, wenn wir die Daten vom Weltraumteleskope Depp Eye ausgewertet haben.‹‹

››Leutnant Grant, haben Sie keine erfreulicheren Informationen für mich?! Das ist ein extremer Rückschlag für unsere Raumfahrt, wenn schon beim Jungfernflug unser modernstes Schiff verloren geht. Was noch viel tragischer ist, Captain Aldrich war der Kommandant! Wir müssen so schnell wie möglich eine Rettungsexpedition losschicken Grant!‹‹ ››Falls es Überlebende gibt, wird unsere Hilfe viel zu spät eintreffen, Sir!‹‹

Diese Worte von Leutnant Grant versetzen den General in tiefe Nachdenklichkeit, ist doch sein bester Mann Aldrich, der ihm bei den Marsunruhen nicht nur einmal das Leben gerettet hatte, unter den Vermissten. Diese Tatsache belastet den General innerlich schwer. In seine Gedanken versunken und nach einer Lösung suchend überrascht ihn die Meldung: ››General! Eine kleine Chance gibt es, wenn jemand die Explosion überlebt hat.‹‹ ››Welche, Grant?‹‹ ››Ein Privatschiff einer Minengesellschaft, die unser Sonnensystem nach Bodenschätzen untersucht, ist in Reichweite, um Überlebenden zu helfen - falls es welche gibt!‹‹ ›› Schicken Sie dieses Schiff sofort Richtung Titan, das ist ein Befehl!‹‹ ››General, da gibt es ein kleines Problem: Unsere Regierung hat dieser Minengesellschaft vor zwei Wochen die Schürfrechte auf Ganymed verweigert, angeblich wegen der nationalen Sicherheit!?‹‹ ››Mir egal, stellen Sie eine Verbindung mit dem Kommandanten des besagten Schiffes her, Grant!‹‹ ››Wie der Zufall so spielt, General, die

Geologin, die gleichzeitig die Kommandantin dieses Schiffes ist, ist die Cousine eines der Gefangenen, der an Bord der Explorer war!‹‹

Diese Information lässt beim General wieder Hoffnung aufkeimen.

›› Die Verbindung steht, Sir!‹‹

››Wer belästigt mich bei meiner Arbeit? Ich habe Wichtigeres zu tun, als belanglose Gespräche mit Militärs zu führen!‹‹ Diese widerwillige Antwort ohne Respekt verwirrt den General im ersten Augenblick. ››Hier spricht General Michels! Wenn Sie schon keinen Respekt vor mir haben, egal für mich. Aber vielleicht interessiert es Sie, was mit Ihrem Cousin Drake Bone los ist? Denn nur Sie sind in der Lage sein Leben zu retten!‹‹ ››Was soll der Unsinn, General? Wollen Sie mich auf den Arm nehmen? Mein Cousin Drake war mal wieder zu vorlaut, der hat eine Haftstrafe abzusitzen.‹‹ ››Sehen Sie, da unterliegen Sie einem Irrtum. Seine Haftstrafe wurde in eine Strafexpedition in Richtung Titan umgewandelt! Sind Sie jetzt überrascht Fräulein Bone? Das Problem liegt darin, dass es einen kleinen Unfall gegeben hat und das Schiff mit Ihrem Cousin vermisst wird. Wie ich aus Ihren Akten sehe, hatten Sie immer ein gutes Verhältnis zueinander. So wie ich Sie einschätze, werden Sie Bone nicht im Stich lassen! Ich bitte Sie, ja Sie haben richtig gehört, wenn möglich alle Überlebenden zu retten!‹‹ ››Wie stellen Sie sich das vor, General? Mein Schiff ist nicht dafür ausgestattet, mehrere Menschen länger zu versorgen. Die Mittel, die mir zur Verfügung stehen, reichen aus um maximal drei Überlebende auf unsere nächstgelegene Basis zu den Jupitermonden zu bringen. Sie sollten wissen, meine Gesellschaft wird eine solche Rettungsaktion niemals genehmigen - oder haben Sie so viel Rückgrat für mich einzustehen? Meine Zukunft ist nichts mehr wert, wenn ich Ihnen helfe, General!« »Fräulein Bone, ich habe genauso persönliche Interessen wie Sie, dass diese Rettungsaktion durchgeführt wird! Der Kommandant des havarierten Schiffes ist wie ein Sohn für mich. Also glauben Sie mir, ich stehe mit allen mir zur Verfügung stehenden Mitteln hinter Ihnen!« »Wenn Sie aufrichtig zu mir sind, helfe ich Ihnen, General! Sie hören von mir!«

"Da bin ich ja wieder in einem schönen Schlamassel gelandet! Dieser Drake! Schon als wir Kinder waren, musste ich ihn überall raushauen. Der Einzige, der mir nie Sorgen gemacht hat, bist Du, Finn." Sind Ursa`s verzweifelte Gedanken. » Komm Finn, jetzt gibt`s was Gutes!«

Schäferhund Finn quittiert die Worte Ursas mit einem wohlwollenden Schwanzwedeln.

36 Stunden später tritt Ursa mit der Lucky Star in einen Orbit um Titan ein. "Was für ein Anblick, der Horizont Titans, dahinter Saturn!" Mit den Scannern meines Schiffes lassen sich nur Überreste der Explorer lokalisieren, die kleiner als einen Meter sind. Meine tiefsten Befürchtungen, dass niemand überlebt hat, werden immer fester in mein Bewusstsein hineingebrannt. Keine Rettungskapsel, keine Funksignale, nichts, was auf Überlebende hinweist.

Verzweifelte Gedanken befallen Ursa: Als nächsten Schritt werden wir mit dem Metallmassenscanner die Oberfläche Titans absuchen. Wenn wir Glück haben, finden wir so Überreste der Explorer, die den Unfallhergang erklärbar machen. Wieso schlägt die Informationsanzeige des Scanners so stark aus? Was soll das? Die Massenanzeigen können nicht stimmen, die Masse der Explorer kann nicht solche Ausmaße haben! »Finn, das müssen wir uns genauer ansehen! Holen wir uns ein paar der Wrackteile an Bord.‹‹

Von Finn kommt nur ein wohlwollendes Knurren. Beim Untersuchen der Trümmer bemerke ich sofort, diese Teile sind nicht nur von einem Schiff!

››Da werden wir mal General Michels informieren und nachfragen, vielleicht weiß der, was das alles zu bedeuten hat, was meinst Du Finn?‹‹ Von dem kam nur das gleiche Knurren wie zuvor. ››Ursa Bone an General Michels, bitte antworten Sie Sir!‹‹ ››Sprechen Sie, Fräulein Bone, was haben Sie herausgefunden? Gibt es Überlebende, was ist geschehen?‹‹ ››Sir, das alles hier ist mir ein Rätsel. Keine Spur von einer Rettungskapsel und die Wrackteile stammen nicht alle von der Explorer. Sir wissen Sie, ob irgendeine andere Nation ein Schiff zum Titan entsandt hat? Die Spuren lassen darauf schließen, dass es eine Auseinandersetzung von zwei Schiffen gegeben hat.‹‹ ››Fräulein Bone, das alles ist auch für mich ein Rätsel. Mir ist nicht bekannt, dass eine raumfahrende Nation oder auch private Gesellschaft wie die Ihre, ein Schiff in Richtung Titan entsandt hat. Sehen Sie sich genau um, es muss eine plausible Erklärung geben! Ich übermittle Ihnen jetzt die Daten einer abhörsicheren Frequenz, ich möchte nicht, dass jemand mithört, wenn Sie mir bei der nächsten Verbindung ihre Untersuchungsergebnisse mitteilen.‹‹ ››In Ordnung Sir, ich melde mich, sobald ich etwas Ausschlaggebendes in Erfahrung gebracht habe. Ende.‹‹

Meine Gedanken drehten sich nur um Drake: “Was ist wohl mit ihm passiert?, so einen Tod hat er nicht verdient. Werde mal die Metallteile des unbekannten Schiffes analysieren, vielleicht bekomme ich dadurch Informationen über die Herkunft des zweiten Schiffes. Was ist das? Diese Metalllegierung ist mir völlig unbekannt. Wer um Gottes Willen hat auf der Erde einen so hochwertigen

Werkstoff? Eine Mischung aus einer Titanlegierung und Karbon, wie ist das möglich?!" Je mehr ich nachdenke, desto rätselhafter wird mir alles. Die Explorer mit ihrer Bewaffnung, wäre niemals in der Lage gewesen, einen Gegner mit einer solchen Werkstofftechnik zu zerstören. Ich muss auf Titan landen, bei der Absturzstelle der Wrackteile müssten noch größere Trümmerteile sein. Diese geben mir sicher mehr Aufschluss über alles.

DER AUSSERIRDISCHE

»Wouw, so ein Glück, dieses Teil ist ja mindestens zwanzig Meter lang! Finn, ich muss aussteigen und mir das genauer ansehen.« Das große Wrackteil ist nicht von der Explorer, es muss von dem unbekannten Schiff sein. Ah, eine Öffnung, gerade groß genug, dass ich in das Innere komme. Diese ganze Einrichtung, so fremdartig! Und die Räumlichkeiten sind so niedrig, nur kleinwüchsige Menschen können sich hier wohlfühlen. Die gesamten Instrumente sind für mich nicht zuzuordnen - wofür sind sie? Komisch, und ich dachte, mein Wissen ist auf dem neuesten Stand! O Gott, was ist denn das, meine Knie zittern, der momentane Schrecken über meine Entdeckung treibt meinen Puls von fünfzig auf zweihundert! Diese Kreaturen sehen ja schrecklich aus! Ameisenartige Rieseninsekten mit zwei starken Hinterbeinen und vier kürzeren Vorderbeinen, die wie Hände ausgebildet sind. Die großen Facettenaugen und erst die Mundwerkzeuge, schrecklich, mit denen sind sie sicher in der Lage einem Menschen Arme und Beine abzutrennen!

Mein Raumanzug, behindert mich beim Versuch in den vorderen Bereich des Wracks vorzudringen. Die Shotdurchgänge des Schiffes sind für meine Größe zu eng, nur mit Anstrengung kann ich die Durchlässe passieren. Ich glaube, dort vorne ist die Zentrale. Der Zentralbereich dieses Schiffes ist aber extrem stark gebaut, sieht so aus, als wäre ich in der Kommandozentrale der Insektenwesen. Viele tote Insektenartige, denen ihre Druckanzüge nichts mehr genützt haben, liegen in der Zentraler herum. Überraschend!, ein Geräusch unter den Trümmern, was ist das? Ich wuchte mit voller Anstrengung eine umgefallene Konsole beiseite; die geringe Schwerkraft auf Titan, ein Siebentel der Erdschwerkraft, unterstützt mich dabei. Darunter finde ich einen verletzten, mehr tot als lebendigen Insektenartiger. Mit allergrößter Kraftanstrengung ist es mir gelungen, dieses Wesen in mein Schiff zu bringen. Finn ist nicht sehr begeistert, als er unseren Gast sieht. Er knurrt und fletscht die Zähne. Die funkelnden Augen des Wesens verraten Angst. Das Befreien des Wesens aus seinem Druckanzug war die größere Strapaze als die Versorgung seiner Verletzungen. Sein Körper hat akuten Wassermangel. Obwohl ich nicht weiß, welche Nahrung diese Spezies im Normalfall zu sich nimmt, hat sie alles gegessen, was ich ihr vorgesetzt habe. Aus Sicherheitsgründen für Finn und mich habe ich meinen Gast am Krankenbett festgeschnallt. Meine momentane Position auf Titan, ermöglicht es mir erst wieder in 37 Stunden Kontakt mit General Michels aufzunehmen. „Im Notfall kann ich immer noch starten und einen Funkspruch absetzen“, denke ich so nebenbei.

12 Stunden später: ››Komm Finn, sehen wir nach, wie es unserem Gast geht! Der sieht ja schon wieder richtig gut aus! Naja, das macht unsere Fürsorge. Wollen wir sehen, ob er auch mit uns sprechen kann oder will?

Hallo, können Sie mich verstehen? Mein Name ist Ursa, wie ist Ihr Name?‹‹ ››Mein Name ist Cecen!‹‹ kommt die Antwort mit fremdartig klingender Stimme. ››Ich bin der Erste vom Clan des Patriarchen Concon.‹‹ ››Ups, woher können Sie so gut unsere Sprache?‹‹ ››Binden Sie mich bitte los! Ich versichere Ihnen, ich werde Sie nicht angreifen. Im Liegen spricht es sich so schwer, lassen Sie mich zu Ihnen aufsitzen, dann werde ich alles erzählen was Sie wissen wollen.‹‹ ››Ich traue Ihnen nicht über den Weg, Sie sind mir körperlich weit überlegen, Cecen!‹‹ ›› Keine Angst, Sie haben mir das Leben gerettet, ich stehe bei Ihnen in einer Lebensschuld! Somit gehört mein Leben Ihnen, niemand wird Ihnen etwas antun können, wenn ich es verhindern kann!‹‹

Nach ein paar Minuten hat Cecen meine Bedenken so zerstreut, dass ich mich entschließe, ihn loszubinden. Und außerdem, Finn würde auch sein Leben für mich geben! Cecen erzählt mir, dass er Kommandant des Sternenschiffes von Patriarch Concon war, der einem der führenden Clans seines Volkes vorsteht. Der Zwischenstopp in unserem Sonnensystem war rein zufällig. Als die Natrill ihre Position zu bestimmen versuchten, um den Kurs für den Weiterflug zu errechnen, empfingen sie beim Scannen des Systems die schwache Signatur einer alten Raumsonde der Menschen. Er erklärt mir, dass die Sonde genug Informationen mit sich trug, um unsere Sprache zu lernen und auch um die Position ihrer Herkunft zu bestimmen. Es handelte sich bei der Sonde um eine der beiden Voyager Sonden, die in den Siebzigerjahren des 20. Jahrhunderts unsere Planeten im Sonnensystem genauer erforscht haben. Auch von dem Zwischenfall mit der Explorer erzählt mir Cecen. Er behauptet, die Besatzung der Explorer habe sich mit Rettungskapseln in Sicherheit gebracht und ihr Schiff selbst zerstört.

››Vermutlich wollten sie unser Schiff mit vernichten. Es ist ihnen aber nicht gelungen, denn ich konnte unser Schiff früh genug weg manövrieren. Als ich gerade dabei war, den Raum nach den Rettungskapseln zu scannen, tauchte aus dem Ortungsschatten dieses Mondes ein Raumschiff auf und vernichtete uns! Wir, die Natrill, kennen nur ein Volk, das in der Lage ist, eines unserer Schiffe mit so tödlicher Präzision zu zerstören. Man nennt sie die "Schatten der Sterne". Niemand weiß, wo sich ihre Heimatwelt befindet, aber eines haben sie mit Euch Menschen gemeinsam, sie sehen Euch zum Verwechseln ähnlich! Was in der Zeit passiert ist, bis Sie mich gerettet haben, weiß ich nicht.‹‹

Das sind die letzten Worte seines Berichts, die Schmerzen seiner Verletzungen lassen Cecen wieder ihn in Ohnmacht fallen.

››Finn, jetzt brauche ich ein, zwei Gläser Hochprozentiges! Was mir dieser Natrill erzählt hat, geht über mein jetziges Fassungsvermögen hinaus! Jetzt heißt es überlegen und keine Fehler machen. Diese Informationen sind nicht für jedermann gut, das wirft das gesamte Weltbild der Menschen über den Haufen. Ich muss alles überschlafen, mein Organismus braucht dringend Ruhe. Die letzten Tage haben sehr an meiner Substanz gezehrt. Mensch bin ich müde!‹‹

Ein klapperndes Geräusch reißt mich aus meinem Schlaf. Als ich die Augen öffne sehe ich das Gesicht Cecens. Der Schrecken im ersten Moment erhöht meine Atemfrequenz erheblich. ››Wie lange habe ich geschlafen? Wie spät ist es?‹‹ ›› Beinahe 36 Stunden!‹‹, kommt als Antwort.

Cecen hätte die Möglichkeit gehabt mich zu überwältigen, aber es sieht so aus, Wort und Ehre haben eine große Bedeutung bei diesem Volk.

››Ausgeschlafen?‹‹ Fragt er mit seiner zirpenden Stimme. ››Ich habe für Sie etwas Essbares vorbereitet, hoffentlich haben Sie Hunger? Ihren Hund habe ich auch gefüttert.‹‹

Cecen verblüfft mich, wie er alles in seine vier Hände nimmt. Die Mahlzeit ist sehr gut zubereitet. Selbst Finn, der am Anfang Cecen knurrend gegenüberstand, zeigt eine gewisse Zuneigung. Diese Tatsache beruhigt meine innere Anspannung. Finn reagiert bei Fremden, von denen eine Gefahr ausgeht, sehr sensibel, darauf habe ich mich immer verlassen können.

››Ist Ihr Name Ursa, wie darf ich Sie nennen?‹‹, will Cecen wissen. ››Mein Name ist Ursa Bone, aber nenne mich einfach Ursa, und das ist mein Hund Finn!‹‹ ››Ursa, ich habe eine große Bitte an Sie! Liefern Sie mich nicht den Menschen aus! Ich will nicht in einem Käfig als Attraktion ausgestellt werden, da ist mir lieber, Sie töten mich gleich!‹‹

Diese Worte aus dem Mund einer so andersartigen Spezies machen mich sehr nachdenklich. Wie kann Cecen die Mentalität der Menschen nur so gut kennen?

››Cecen, ich werde Dich nicht den Menschen ausliefern, auf mein Wort kannst Du dich verlassen! Bei mir bist Du sicher, die Menschen werden nichts von deiner Existenz erfahren, das verspreche ich Dir!‹‹

Ich muss mir eine gute Geschichte für General Michels einfallen lassen; überlegt Ursa.

›› General Michels, bitte melden!‹‹

Am anderen Ende der Leitung: ››Haben Sie neue Erkenntnisse über den Hergang, Fräulein Bone?‹‹ ››Es tut mir leid, General, die Überreste der Explorer haben keine neuen Informationen darüber Preis gegeben, wie alles passiert ist! Das zweite Schiff, das in den Vorfall verwickelt war, kann ich keiner Nation oder Organisation auf der Erde zuordnen‹‹, log ich den General an. ››Machen Sie einen Abschlussbericht und nehmen Sie Kurs Richtung Mars! Heute in 23 Tagen treffen wir uns im Mars Garden, in Olympus City. Sind Sie einfach pünktlich um

19 Uhr Mars -Zeit im Restaurant, ich reserviere uns einen Tisch! Michels, Ende!‹‹

Die Art, wie der General gesprochen hat, kommt mir irgendwie komisch vor. Hat er gemerkt, dass ich ihn nicht über alles informiert habe? Überhaupt, seine Art einen anzusehen, da glaubt man, er kann Gedanken lesen. Der Mann ist mir unheimlich!

››Cecen, wir müssen alle Spuren, die auf Dich und deine Spezies hinweisen, vernichten! Ich habe das Gefühl, der General schickt noch eine Untersuchungsexpedition hierher.‹‹ ››Erhabene Ursa...‹‹ ››Lass den Quatsch, sag einfach nur Ursa! Wir sind nicht bei deinen Leuten, wo dieses Standesgetue angebracht ist. Ich möchte, dass wir Freunde sind und uns auch so benehmen! Wir haben so schon genug Probleme.‹‹ ›› Danke Ursa, für deine Freundschaft!‹‹

Ich glaube, in Cecens Kultur geht es zu, wie bei uns in einer Diktatur oder wie im Mittelalter, als die Adeligen die Bauern und Bürger ausgebeutet haben, um ihr Leben in Saus und Braus zu finanzieren. Irgendwie tut mir der Kleine leid!

››Ursa, wenn Du mir hilfst, dann können wir einiges, was uns sehr hilfreich sein könnte, aus dem Wrack des Schiffes meines Patriarchen ausbauen. Die Zelle der Kommandozentrale ist bei unseren Schiffen dreifach geschützt. Ich glaube, mit Teilen, die noch intakt sind, können wir dein Schiff stark verbessern. Fast alle technisch relevanten Teile bei unseren Schiffen befinden sich im Kommandomodul.‹‹

Jetzt arbeiten wir schon seit 17 Tagen daran, alle brauchbaren Teile in mein Schiff zu integrieren, die Zeit wird langsam knapp! In spätestens 24 Stunden weiß Michels, dass ich nicht auf dem Weg zum Mars bin.

›› Cecen, wir müssen das Wrack sprengen.‹‹ ›› Ursa, gib mir noch 9 Stunden, bevor Du sprengst.‹‹ ››Wieso?‹‹ ››Lass Dich einfach überraschen, Du wirst sehen, es zahlt sich aus!‹‹

Dieser Cecen, unglaublich, was der in den letzten 18 Tagen geleistet hat! Ich erkenne mein Schiff kaum wieder! Die Umbauten waren selbst für ihn nur möglich aufgrund der geringen Schwerkraft Titans. Ausrüstungsteile, die auf der Erde eine Tonne und mehr wiegen, bewegte Cecen als wäre es Spielzeug. Seine technischen Fähigkeiten stellen alles in den Schatten, was ich von unseren Technikern kenne, ein wirkliches Genie! Selbst über Finns Treue werde ich langsam unsicher! Cecen hat selbst für Finn mehr Zeit übrig als ich. Finn leckte ihm bei jeder Pause die er machte, seine noch immer schmerzende Wunde am rechten Bein. Das Verhalten von Cecen lässt vermuten, dass er immer nur der gehorsame Diener seines Patriarchen war, seine Talente aber nie richtig entfalten durfte.

››Ursa, wir können das Wrack vernichten und uns zu deinem nächsten Ziel aufmachen.‹‹ ››Cecen bist Du bereit? Sprengung des Wracks in 30 Sekunden! Unser neuer Kurs: "Mars". Wir werden wohl ein paar Wochen zu spät kommen.‹‹ ››Das glaube ich nicht!‹‹, kommt es mit der markanten Stimme Cecens.

Ein gigantischer Feuerball, in dessen Zentrum im selben Augenblick das Kommandomodul des Natrillschiffs vernichtet wird, erhellt den Nachthimmel über Titan.

DER SCHLÄFER Mir wird so einiges klar, als Cecen meint: ››Das glaube ich nicht‹‹. Seine Umbauten bei meinem Schiff ermöglichen uns, die Strecke vom Saturnsystem bis zum Mars in knapp 7 Stunden zurückzulegen!

››Ursa, wir erreichen den Mars Orbit in 35 Minuten!‹‹

Das ist der absolute Hammer!! Zuerst mein außerirdischer Freund Cecen und jetzt das schnellste und am besten ausgerüstete Raumschiff in diesem Sonnensystem! „Immer auf dem Boden bleiben!“, sagt mein Innerstes zu mir, spielten doch meine Gedanken verrückt.

››Ursa Bone an General Michels, steht Ihre Einladung immer noch?‹‹ ››Aber selbstverständlich, Fräulein Bone! Wie besprochen am Treffpunkt zur vereinbarten Zeit!‹‹, antwortet Michels.

››Dieser Michels kommt mir komisch vor Cecen, alleine wie er spricht... Ich muss vorsichtig sein!‹‹ ››Ursa, wenn Du willst, gebe ich Dir Rückendeckung.‹‹ ››Das ist nett von Dir, Cecen, aber das geht nicht. Wir müssen deine Existenz unbedingt geheim halten. Finn wird das übernehmen, der ist auch nicht von schlechten Eltern.‹‹

Fünf Stunden später im "Mars Garden", dem besten Hotel und Restaurant in Olympus City:››Hallo, General Michels! Ich freue mich Sie persönlich kennenzulernen!‹‹ ››Das Kompliment ist ganz auf meiner Seite, Mrs. Bone! Haben Sie neue Erkenntnisse, Mrs. Bone?‹‹ ››Nichts Ausschlaggebendes, Herr General.‹‹ ››Mrs. Bone, ich habe Sie hierher bestellt, weil ich sicher sein musste, dass wir nicht abgehört werden. Ich habe einen Maulwurf in meiner Abteilung, der ist so geschickt, dass, obwohl wir es wissen, er noch immer unerkannt sein Doppelspiel treibt. Bei unserem letzten Kontakt habe ich sofort bemerkt, dass Sie mich nicht über alles informiert haben, was Sie herausgefunden haben. Ich durchschaue Menschen, und Ihr Verhalten war anders als beim ersten Kontakt!‹‹ ››Sie mögen ja ein guter Beobachter sein General, aber Sie haben überhaupt keine Ahnung, wie weit dies alles geht.‹‹

››Klären Sie mich auf, Mrs. Bone - Sie können mir vertrauen!‹‹ ››Genauso wie mein Cousin Drake, der von unserer feinen Regierung zu einer Strafexpedition verurteilt wurde, obwohl er überhaupt nichts verbrochen hat?! Sein einziges Verbrechen ist seine große Klappe, die er nie halten kann. Auf so ein Rechtssystem kann ich verzichten - und Sie wollen, dass ich Ihnen traue? Einem, der in diesem Staat eine so hohe Position bekleidet?!‹‹ ››Mrs. Bone, seien Sie nicht kindisch, nichts läuft so, wie wir beide es gerne hätten! Diejenigen, die das Sagen haben, werden immer alles zu ihren Gunsten vorgeben!‹‹ ››Und Sie spielen da mit, General?‹‹ ››In einem gewissen Maße ja, im selben Maße nein!‹‹ ››Da müssen Sie schon bessere Argumente bringen, damit ich Ihnen vertraue.‹‹ ››Glauben Sie oder glauben Sie es nicht, im Endeffekt spielt es keine Rolle. Wenn Sie mir nicht helfen, geht sowieso alles zum Teufel!‹‹ ›› "Mir nicht helfen", was soll das heißen?‹‹ ››In meiner Abteilung sind Leute, die andere Meinungen vertreten als ich. Das ist nichts Neues, aber darunter sind welche, die große Konzerne beziehungsweise die Banken in der Wallstreet mit Insiderinformationen versorgen! Solche Leute haben Verbindungen in die höchsten Kreise unserer Gesellschaft.‹‹ ››Michels, bleiben Sie mit ihren Behauptungen auf dem Teppich, reden Sie sich nicht auf Verschwörungstheorien hinaus! Ich mag Leute die mit ihren Angaben auf dem Boden der Tatsache bleiben!‹‹ ››Jetzt ohne Umschweife, Fräulein Bone! Welche Informationen können Sie mir geben, die den Verlust der Explorer erklären?‹‹ ››General Michels, wenn Sie von mir Informationen wollen, dann müssen Sie mit zu mir auf mein Schiff kommen! Hier könnten nicht gewollte Personen vieles mitbekommen was ich Ihnen zu sagen habe ist nicht für jedermanns Ohren bestimmt!‹‹

In diesem Moment explodiert zwei Meter hinter Michels das Explosivgeschoß eines gedungenen Mörders! Dabei wird eine unschuldige Familie in den Tod gerissen. Finn spielt komplett verrückt, er spürt die Gefahr für mich und den General.

››General kommen Sie, ich bringe Sie in Sicherheit!‹‹

Mehrere Explosivgeschoße detonieren neben uns! Der General muss für gewisse Leute ein sehr unangenehmer Zeitgenosse sein. Unser Glück ist es, dass die Dämmerung auf dem Mars einsetzt und wir für unsere Gegner als Ziel schwer auszumachen sind. Am Horizont der Kuppel, die über Olympus City die Leben schützende Atmosphäre isoliert, geht gerade die Sonne unter.

››General, noch 5 Minuten, dann sind wir bei der Lucky Star!‹‹

Als wir mein Schiff erreichen, attackieren uns beim Einsteigen in die Schleuse vier Angreifer. Michels wird von zwei der Angreifer niedergerissen, doch Finn kommt ihm im letzten Moment zu Hilfe, indem er die Hand eines der Angreifenden zerfetzt. Dem anderen bricht Michels das Genick. Einem der Vier muss ich mit meinem Messer die Sehnen im Kniebereich durchtrennen, um in mein Schiff zu kommen. Der letzte Attentäter fällt Cecen zum Opfer, er schleudert ihn mehr als dreißig Meter durch die Luft. Michels zittern die Beine, als er Cecen sieht! Es erstaunt ihn, wozu mein kleiner Freund in der Lage ist.

››Cecen, Alarmstart!! Man will den General mit allen Mitteln töten!‹‹

Der General ist solche Strapazen nicht mehr gewohnt. Ich bin froh, dass wir ihn aus der Schusslinie gebracht haben.

››Michels, haben Sie sich erholt? Sie müssen mich näher über die Umstände aufklären, die in ihrem näherem Umfeld herrschen!‹‹ ››Mrs. Bone, es tut mir leid, aber wie es aussieht und wie ich mir schon länger gedacht habe, muss Lieutenant Grant der Maulwurf in meinem Stab sein! Nur er hatte die Information über unser Treffen. Mir persönlich fehlen im Moment die Mittel, gegen Grant etwas zu unternehmen - aber das spielt jetzt sowieso keine Rolle mehr!« »Michels, lassen Sie den Kopf nicht hängen! Cecen, Finn und ich werden alles versuchen Ihnen zu helfen!« »Was wollt Ihr gegen die Machenschaften einer so mächtigen Organisation wie die, für die Grant arbeitet, ausrichten?« » Auf alle Fälle mehr als Sie glauben, General!«

TRITON So habe ich mir das nicht gedacht, dass Rey Meyesty ausgerechnet mich in dieses System zu meinem ersten außerplanetaren Einsatz degradiert! Ak` Gion, sein Adoptivsohn, musste auch drei Jahre seiner Bewährung hier verbringen, aber er ist ja auch ein Mensch! Wie waren die Worte von Rey Meyesty ? »Aik`, dies ist ein Auftrag, den Du vielleicht nicht verstehst, aber glaube mir, alles was in den nächsten 10.000 Jahren passieren wird, hängt von dem ab, was mit dem Menschenvolk während deiner Aufsicht geschehen wird!«

Rey Meyesty ist der größte Seher im Rat, seit über 3.000 Jahren hat keiner so gut die Geschicke unseres Volkes geleitet! Er ist der Mentor meiner Schwester und von mir, aber manchmal bezweifle auch ich seine Anordnungen, besonders die, welche sich auf die Menschen mit ihrer unmoralischen Lebensauffassung beziehen. Ein Glück ist, seit dem Zwischenfall in diesem System haben wir nicht nur die Standardausrüstung zur Verfügung, sondern das volle Programm! Obwohl ich sagen muss, für dieses primitive und aggressive Volk bezweifle ich die Richtigkeit solcher Mittel. Sie erleichtern allerdings den Aufenthalt erheblich auf diesem Eiswürfel Triton! Der Edelste der Kriegergilde, „Amkanobir", sagte in Bezug auf den

Anspruch auf fremde Sonnensysteme immer, dass niemand das Recht hat, andere Völker zu beherrschen. Er ist Gründer und Mentor für alles, was "die Schatten der Sterne" bewirken. Seine Stimme gilt für wirkliche Gerechtigkeit! Er mindert das Leid anderer, hatte Mitgefühl und Hilfe für jeden übrig. Diese Worte klingen zwar schön, dergleichen kommt aber in der Realität selten vor. Amkanobir wird deshalb selbst heute noch, 12.000 Jahre nach seinem Tod, wie ein Heiliger von unserem Volk verehrt! Seine Rechtschaffenheit und Güte sind das Lebensziel eines jeden des Schattenvolkes. Hier auf Triton hat man viel Zeit nachzudenken.... Ich, Aik`Makey der große Krieger, der auf die Menschen aufpassen muss, habe mir meine Aufgaben nicht so vorgestellt! Seit diese Menschen bei uns auf Makateh sind, ist sowieso alles anders. Selbst meine Schwester Erki lässt sich vom angeblichen Charme der Menschen beeinflussen! Ich verstehe nicht was Erki an den Menschen findet, vielleicht ist für sie ihr raubtierähnliches Verhalten interessant!?

››Aik`, unsere Langstreckenscanner haben eine Detonation auf dem großen Mond des Ringplaneten registriert! Dort dürften meines Wissens keine Lebewesen sein! Aber nur sie können eine solche atomare Detonation auslösen. Sollen wir nachsehen, was da vorgeht, Aik`?‹‹ ››Das ist nicht notwendig, Erk`! Kein fremdes Schiff hat dieses System angeflogen, also können nur die Menschen selbst für die Explosion verantwortlich sein. Wir bleiben hier auf Triton, solange kein Gegner auftaucht, dem die Menschen nicht gewachsen sind.‹‹

››General, wie geht es Ihnen? Haben Sie sich von Ihrem Schrecken über Cecens Anblick erholt?‹‹ ››Es geht so, Fräulein Bone.‹‹ ››Nennen Sie mich Ursa, General.‹‹ ››Dann bin ich für Sie Edward oder einfach Edi.‹‹ ››Ok., Edi! Wie Du ja festgestellt hast, ist eines meiner Besatzungsmitglieder ein Insektenwesen vom Volk der Natrill, wie sie sich selbst nennen. Cecen ist der einzige der Natrill, der die Auseinandersetzung mit der Explorer überlebte. Laut Cecens Aussage sollen sich zwei Rettungskapseln von der Explorer gelöst haben, bevor sie explodierte. Das Natrillschiff ist von einem Schiff vom Volk "Schatten der Sterne" zerstört worden. Ich denke, das Schattenschiff hat die Rettungskapseln mit den Überlebenden an Bord genommen, weil ich sie sonst hätte finden müssen.‹‹ ››Ursa, Du willst allen Ernstes behaupten, Außerirdische haben unsere Leute entführt?!‹‹ ››Zumindest habe ich keine andere Erklärung dafür, Edi.‹‹ ››Na ja, dann besteht zumindest Hoffnung, dass einige Besatzungsmitglieder der Explorer überlebt haben!‹‹ ››Cecen, setze Kurs Richtung Erdmond, Zielpunkt Luna City! Dort sind wir eine Weile sicher. Ein guter alter Freund hat dort eine kleine Raumschiffwerft, da fällt die Lucky Star nicht auf. Ansonsten können wir nirgends untertauchen. Im gesamten Sonnensystem wird nach uns gesucht! Ich schicke Barny, meinem Freund, eine codierte Nachricht, damit er alles vorbereitet. In 22 Stunden sind wir bei ihm.‹‹ ››Unmöglich Ursa, so schnell ist kein Schiff im gesamten Solarsystem!‹‹ ››Meines schon! Cecen, dieser Teufelskerl, hat die Lucky Star mit Natrilltechnik ausgestattet! Mit irdischer Technik bräuchten wir mindestens zwei Wochen, also wird man frühestens in vierzehn Tagen auf Mond und Erde nach uns suchen. In der Zwischenzeit können wir versuchen herauszufinden, für wen oder welche Organisation Leutnant Grant arbeitet. Mich stört, wenn irgendwelche Leute mir nach meinem Leben trachten! Was sagst du dazu, Edi?‹‹

Edi überrascht Ursa mit seiner Meldung: ››Die Informationen die ich Dir gebe, Ursa, darf keine andere Person außerhalb dieses Schiffes bekommen! Unter gar keinen Umständen! Wie Du ja selbst weißt, gibt es auf der Erde drei große Machtblöcke. Die USA mit ihren Verbündeten, die ehemalige EU und die Asiatische Föderation. Aber, was wenige wissen, ein privates Konsortium ist im Begriff alle Strukturen der etablierten Machtblöcke zu unterlaufen und insgeheim die Herrschaft wirtschaftlich wie auch militärisch zu übernehmen! Wie mir meine Informanten versicherten wird auf dem Mars durch die Mars-Trading-Company eine Raumschiffflotte aus dem Boden gestampft. Keiner der Machtblöcke der Erde hat dieser Flotte etwas entgegenzusetzen. So viel Macht in der Hand weniger ist sehr gefährlich für die gesamte Menschheit! Bei der Erschließung des Mars und dessen Bodenschätzen haben alle UNO Mitglieder einen Vertrag unterzeichnet, der keiner Nation erlaubt, den Mars militärisch oder auch nur als Militärstützpunkt zu nutzen. Dadurch hat die Mars - Trading - Company leichtes Spiel, da Ihr 89% der Marsoberfläche gehören! Die irdischen Industriestaaten haben nur ihre diplomatischen Niederlassungen, aber kein Recht, sich in die Machenschaften dieses gigantischen Konsortiums einzumischen. Selbst auf der Erde besitzt diese Gesellschaft geschätzte 18% der gesamten Industrieanlagen. Viele private Firmen produzieren für diese Gesellschaft. Sie wissen aber nicht, dass ihr Kunde das Konsortium ist. Ursa weißt Du, für wen Du im Endeffekt arbeitest?« »Für diese Leute?« »Richtig! Und spätestens seit unserer Flucht vom Mars, als Du mir das Leben gerettet hast, bist Du auf der Abschussliste des Konsortiums!« »Na, das ist aber beruhigend! Hast Du noch mehr solche Horrorgeschichten auf Lager, Edi? Diese Leute haben sicher ein Video von unserer Flucht. Beim Kampf vor der Einstiegsschleuse müssen sie Cecen gesehen haben. Das ist nicht gut, denn wenn die Eins und Eins zusammenzählen, wissen sie, dass ich auf Titan etwas entdeckt habe, was eine technische Revolution bedeutet. Einiges werden sie auch von Leutnant Grant erfahren haben. So wie ich das sehe, ist die Jagd auf uns eröffnet! Jeder unserer Freunde ist in Gefahr, dass er observiert wird.‹‹

››Ursa, wir treten in den Orbit um den Mond ein. Wenn alles klappt, landen wir in genau 4 Minuten im Hangar 6 auf Barneys Werft. Die Schleuse ist schon offen, wir können landen.‹‹ ›› Gut so Cecen, landen wir! Wieso steht Barney im Druckanzug in Begleitung mehrerer Personen in der Schleuse, Edi?‹‹ Der General reagiert sofort: ››Ursa leichten Raumanzug anziehen und bewaffnen! Die Typen hinter Barney kommen mir verdächtig vor! Cecen, halte das Schiff für einen Alarmstart bereit!‹‹

Die Luftschleuse der Lucky Star öffnet sich, in diesem Moment stürmt Barney auf uns zu. Sekunden später trifft ein Geschoß Barney in den Rücken.

››Ursa, eine Falle, verschwindet!!‹‹, ist die Warnung Barneys. Es entbrennt ein wildes Feuergefecht. Drei der sieben Angreifer werden vom General sofort getötet, die restlichen vier verschanzen sich hinter den Stahlträgern des Hangars.

››Edi, gib mir Feuerschutz! Ich hole Barney, wir können ihn nicht so liegen lassen!‹‹

Der General ist ein exzellenter Schütze! Jeder der Angreifer, der seine Deckung aufgibt, um auf mich zu schießen, ist im Bruchteil einer Sekunde tot. Die Explosivgeschosse aus Edis Gewehr taten das Ihrige.

››Cecen, wir sind an Bord, Alarmstart!!‹‹

Die Verletzungen von Barney sind zu stark, er stirbt in meinen Armen. Jetzt haben sie einen der wenigen richtigen Freunde, die ich je hatte, umgebracht!

››Diese Bestien, die dafür verantwortlich sind, dürfen nicht ungestraft davonkommen!‹‹

Wir bestatteten Barney im Weltraum, auf einem der Asteroiden zwischen Mars und Jupiter. Spätestens jetzt ist uns klar: Überall wo wir hinkommen, ist große Vorsicht geboten! Es gibt nicht mehr viele Plätze, die wir anfliegen können, um uns Vorräte und die nötigen Energiezellen für die Lucky Star zu besorgen.

››Cecen, wir fliegen Ceres an, dort habe ich Freunde, setze den nötigen Kurs, Edi!‹‹

DAS KONSORTIUM

›› Leutnant Grant, Sie werden vom Vorstand erwartet. Sprechen Sie nur, wenn Sie etwas gefragt werden und geben Sie den Mit-gliedern im Vorstand immer präzise Antworten, keine Vermutungen! Und machen Sie schon gar keine Vorschläge, was Sie tun würden! Vorschläge sind nur erwünscht, wenn Sie ausdrücklich danach gefragt werden. Wenn Sie alles verstanden haben, dann begeben Sie sich in den Sitzungsraum, man erwartet Sie.‹‹ ››Da gibt es nicht viel zu verstehen!‹‹, antwortet Grant.

››Treten Sie ein, Leutnant Grant! Sie sind hier, weil wir eine Menge Fragen an Sie haben. Aber vorab: Diese zwei Damen und vier Herrn plus meiner Wenigkeit sind die Vorstandsmitglieder der größten privaten Gesellschaft. Wir vertreten die Interessen unserer Investoren und Sie werden uns helfen unsere Ziele zu erreichen!‹‹

Allein der Ausdruck in den Augen dieser sieben Personen lässt erahnen, dass es sich hier um Geschäftsleute handelt, die keine Skrupel kennen! Diese Leute gehen über Leichen um ihre Ziele zu erreichen, darüber ist sich Grant sofort im Klaren.

››Leutnant, was wissen Sie über die Vorfälle auf Titan?

Welche Informationen haben die verschiedenen Machtblöcke auf der Erde?«   »Von den Vorfällen auf Titan weiß ich, dass das Forschungsschiff der USA von einer fremden Spezies angegriffen wurde. Wie Sie sicher schon erfahren haben, sind wir nicht die Einzigen im Kosmos. Beim Angriff der Außerirdischen wurden beide Schiffe vernichtet. Meines Wissens gab es nur einen Überlebenden und zwar ein insektenartiges Wesen von einem unbekannten Schiff. Bei der Aktion auf dem Mars, als wir General Michels eliminieren wollten, sind uns Videoaufnahmen von dieser Spezies gelungen. Dieses Wesen verfügt über immense Kräfte. Bei der Flucht des Generals hat es einen meiner Leute über dreißig Meter durch die Luft gewirbelt. Der Aufprall war dermaßen heftig, dass der Mann auf der Stelle tot war! Wie Sie in der Zwischenzeit sicher wissen, ist eine Mitarbeiterin, die bei Ihnen auf der Gehaltsliste steht, dafür verantwortlich, dass Michels noch am Leben ist. Außerdem hat sie, Ursa Bone, dem Außerirdischen das Leben gerettet. Seither ist ihr dieser ergeben wie ein dressierter Hund. Zur zweiten Frage, wie viel die Machtblöcke über die Vorfälle wissen: Nichts! Der General und ich als sein ehemaliger Assistent sind die Einzigen, die über alles Bescheid wissen. Alle anderen haben nur Teilinformationen, mit denen niemand etwas Relevantes anfangen kann. Das Video der außerirdischen Kreatur ist auf dem Mars bei höchster Geheimhaltung unter Verschluss.«

»Grant, wir müssen diese Bone mit ihrem Schiff und allen, die an Bord sind, erwischen! Zerstören Sie auf keinen Fall das Schiff, den Außerirdischen wollen wir lebend! Aber als Erstes organisieren Sie eine Expedition zum Titan, denn wenn es noch Wrackteile des außerirdischen Schiffs gibt, müssen wir diese sichern, damit unsere Techniker diese analysieren können. Wenn Sie alles zu unserer Zufriedenheit erledigen, werden Sie es bei uns weit bringen! Aber machen Sie keine Fehler - und jetzt an die Arbeit!‹‹

Grant in Gedanken: „Diese Sesselkleber haben leicht reden! Der General ist eine harte Nuss und seine Helfer sind nicht einzuordnen. Aber mir wird schon was einfallen! Zuerst werde ich mich mit der Sicherung der Wrackteile beschäftigen, falls es noch etwas zu sichern gibt. In der Zwischenzeit haben meine Informanten Zeit, den Aufenthaltsort General Michels herauszufinden. Bei dem hohen Kopfgeld, das auf das Auffinden der Lucky Star ausgesetzt ist, wäre es wunderlich, wenn keine Informationen einflattern würden. Nur eine Frage der Zeit General, dann werden wir abrechnen!“

CERES DER EISPLANET

Ceres ist eine Welt im Asteroidengürtel, tausend Kilometer im Durchmesser. Alles Leben spielt sich unter der Oberfläche dieser Eiswelt ab. Dieser Zwergplanet im inneren Sonnensystem birgt das größte Süßwasserdepot unter einer etwa zehn Kilometer dicken Eisschicht. Von hier aus versorgen Wassertanker den Mars mit dem dort knapp vorkommenden Trinkwasser. Es befinden sich außerdem mehrere Forschungsstationen verschiedener Staaten auf Ceres. Die Mars - Trading - Company unterhält eine Wasserförderstation mit Betankungsanlage für ihre Tankraumschiffe. Die USA haben die militärische Hoheit über Ceres, hier ist ihre wichtige Flottenbasis zwischen Mars und Jupiter.

››General Michels an Raumüberwachung, öffnen Sie eine verschlüsselte Funkfrequenz mit Admiral Watson! Dies ist ein Befehl!‹‹

››Hier spricht Admiral Watson! Hallo Edi, seit wann gibst Du meinen Leuten Befehle? Sende mir deinen Erkennungscode, kann ja jeder kommen und sagen, "ich bin

General Michels".«

»Erkennungscode korrekt, ihre Landung ist bewilligt General Michels! Nehmen Sie Landebucht 4, Schleuse 03 wird sich öffnen und ihr Schiff an Bord nehmen. Sobald Sie den Pfeifton hören, können Sie ihre Luftschleuse öffnen und Ihr Schiff verlassen. Flottenadmiral Watson wird Sie persönlich begrüßen«, teilte der Überwachungsoffizier mit.

»Hallo Edward, was führt dich hierher? Man hört die wildesten Sachen über Dich - erzähl bitte was wirklich Sache ist!« »Das ist eine lange Geschichte, Roman. Können wir unter vier Augen sprechen? Was ich dir zu sagen habe ist nicht für andere Ohren bestimmt.«

»Komm in einer Stunde in meine Unterkunft, die ist abhörsicher. Ich werde uns etwas Anständiges zum Essen bereiten lassen. Bei einem Gläschen Wein können wir dann in aller Ruhe alles besprechen.« »Darf ich eine Freundin mit ihrem Hund mitbringen? Sie begleiten mich auf meiner Mission.« »Sicher, es freut mich neue Leute kennenzulernen, bring sie ruhig mit!« »Roman, bitte halte meinen Aufenthalt so gut wie möglich geheim! Es gibt einige zwielichtige Personen, die mich tot sehen möchten.«

Eine Stunde später: »Roman, darf ich vorstellen, Fräulein Ursa Bone. Ursa, das ist mein Freund aus gemeinsamen Zeiten auf der Militärakademie, Admiral Roman Watson.«

Ich erzählte dem Admiral die ganze Geschichte, so gut ich sie wusste. Alles, auch von dem außerirdischen Schiff auf Titan und was dort passiert war. Nur eines behielt ich für mich, dass Ursa einem der Außerirdischen das Leben gerettet hat. Besonders die Informationen über das Konsortium und deren Ziele interessieren Roman brennend.

»Da können wir uns ja auf einiges gefasst machen in nächster Zeit!«, ist sein Kommentar. »Mir ist über meine Informanten zu Ohren gekommen, dass Euch ein gewisser Grant auf den Fersen ist.« Edis Augen weiten sich: »Grant, dieser hinterhältige Verräter!«

Der Admiral erzählt uns auch, dass Schiffe der Company auf dem Weg zum Titan sind. Ursa und Edi horchen auf, zeigen aber keine Reaktion. Sie wechseln in ein ungezwungenes, netteres Gespräch, der alten Zeiten wegen. Dem Admiral tut es auch gut, mal wieder mit Freunden, die nicht seine Untergebenen sind, zu sprechen. Mit Ursa entwickelt sich ein Gesprächsthema, das eine gewisse Zuneigung der Beiden erkennen lässt. Die Zeit vergeht, da meldet sich Finn mit einem Knurren. Er läuft zur Tür und bellt. Beim Öffnen der Tür kann man gerade noch sehen wie eine Gestalt hinter der Gangbiegung verschwindet. »Finn, schnapp ihn dir! Fass!!«

Als wir bei Finn ankommen sind, hat dieser den ungebetenen Zuhörer schon zu Boden gerissen und ihn an der Kehle fixiert. Es handelt sich um einen Offizier aus dem Stab des Admirals.

»Sagen Sie für wen Sie arbeiten oder ich lasse meinen Hund zudrücken!« » Von mir erfahren Sie nichts!« »Finn!«

Finn drückt ihm die Luft weg, als seine Zähne die ersten Verletzungen verursachen, wird unser Mann sehr gesprächig. Von ihm erfahren wir, dass unser Aufenthalt auf Ceres unseren Feinden schon bekannt ist. Mehrere schwer bewaffnete Schiffe der Trading - Company sind schon unterwegs um uns abzufangen. Bis zu deren Ankunft bleiben nur noch wenige Stunden Zeit, unser Schiff mit Vorräten und den nötigen Energiezellen zu versorgen.

››Roman, kannst Du uns bitte mit den benötigten Dingen aushelfen, damit wir so schnell wie möglich von hier verschwinden können?‹‹ ››Geht zu Versorgungsoffizier Leutnant Dodd, Edi, ich werde ihn anweisen, Euch die benötigten Sachen auszuhändigen! Also beeilt Euch, ich weiß nicht wie viele noch aus meiner Mannschaft in diese Sache verwickelt sind! Passt auf Euch auf! Wenn ich kann, werde ich Euch auch weiterhin unterstützen.‹‹

Drei Stunden sind mit dem Beladen des Schiffes vergangen. Cecen konnte uns nicht helfen, wir wollten nicht riskieren, dass ihn jemand sieht. Auch von der Besatzung der Basis konnten wir aus Sicherheitsgründen keinen an Bord lassen. Es war harte Knochenarbeit für Edi und mich. Gerade noch rechtzeitig, bevor die Schiffe der Company Ceres erreichen, können wir starten und diese Welt mit unbekanntem Ziel verlassen. Der Admiral kann offiziell nichts für uns tun, da wir für die Öffentlichkeit gesuchte Kriminelle sind. Hoffentlich bekommt Watson wegen uns keine Probleme! Er gefällt mir, er ist einer der wenigen Männer mit Charakter.

››Welches Ziel steuern wir an?‹‹ ››Den Titan Edi! Wir müssen verhindern, dass die Company eventuelle Wrackteile von Cecens Schiff bergen kann. Durch die Natrilltechnik an Bord der Lucky Star können wir die Bergungsflotte der Company überholen und den Titan 52 Stunden vorher erreichen.‹‹

VERSTECK DIONE

››Denen werden wir einen heißen Empfang bereiten! Ich habe mir aus Romans Waffenarsenal ein paar hübsche Überraschungen für unsere Gegner geholt. Komm Cecen, Du kannst mir helfen die Kisten auszupacken und unsere Waffen an die Systeme der Lucky Star anzuschließen.‹‹ ››Ich helfe Dir sofort

Edi, muss nur noch im Ortungsschatten von Dione landen.‹‹

Dione ist ein Nachbarmond des Titan, "von hier aus können wir blitzschnell zuschlagen und wieder verschwinden", erklärt Cecen. Eine gute Idee von Cecen, uns hier auf die Lauer zu legen! „Ein Glück für die Menschheit, dass nicht Cecen das Kommando führte, sondern sein Clanoberhaupt Concon!" geht es Ursa durch den Kopf. ››Ursa an alle! Wenn alles vorbereitet ist, sollten wir uns ausruhen, damit wir für unsere Gegner fit sind! Die sollen uns nicht unausgeschlafen antreffen!‹‹

››Noch 10 Stunden, bis wir den Orbit um Titan erreichen, Leutnant Grant!‹‹ ››Danke Captain Morris, ich werde mich noch ein paar Stunden ausruhen. Wecken Sie mich, wenn wir da sind!‹‹ ›› In Ordnung, Leutnant Grant.‹‹

Jetzt setzt die Company mir schon einen Leutnant vor! Wie haben die vom Aufsichtsrat gesagt? "Unterstützen Sie Grant mit allen Ihnen zur Verfügung stehenden Mitteln. Stellen Sie seine Anweisungen nicht in Frage, tun Sie einfach, was er von Ihnen verlangt!" Solche Befehle, wenn sie von ganz oben kommen, riechen stark nach einem Himmelfahrtskommando! Ich mag es nicht, wenn ich nicht weiß, worum es genau geht. Nur dieser Grant kennt den genauen Auftrag, ich kann mich nur auf seine Anordnungen verlassen. Eine verdammt unangenehme Situation, hoffentlich weiß er, was er tut! Meine Leute haben es nicht verdient, für eine Wahnsinnsaktion ihr Leben zu lassen!

Der Navigationsoffizier unterbricht die Gedanken von Morris: ›› Captain, soeben haben wir den Orbit um Titan erreicht, haben Sie Befehle?‹‹ ››Benachrichtigen Sie die anderen Schiffe, erhöhte Alarmbereitschaft! Scannen des Mondsystems des Saturn vornehmen und benachrichtigen

Sie Grant, dass wir da sind!‹‹

Der Verband aus vier Schiffen löst sich auf und bezieht verschiedene Umlaufbahnen um Titan. Bei den Schiffen handelt es sich um Fregatten baugleichen Typs mit neunzig Metern Länge und fünfundvierzig Mann Besatzung. Für Bodenoperationen haben sie je drei Landefähren an Bord.

››Verbandskommandant Captain Morris an alle Schiffskommandanten, beginnen Sie mit der systematischen Suche nach Trümmern, beziehungsweise nach Schiffswrackteilen! Jede positive Ortung ist mir sofort zu melden! Objekte, die schwerer als ein Kilo sind, müssen geborgen werden! Ende.‹‹

In diesem Moment betritt Grant die Kommandozentrale, in der gerade Captain Morris seinem ersten Offizier die Anweisungen für das weitere Vorgehen gibt. Grant sieht in die Runde, sein Nicken verrät, dass er mit dem Vorgehen von Morris zufrieden ist.

››Sehr gut Captain! Informieren Sie mich, sobald Sie ein größeres Wrackteil finden. Mit der Bergung großer Teile warten Sie, bis Sie von mir das O.K. bekommen.‹‹

Grant verlässt die Zentrale wieder. Als sich die Tür hinter ihm schließt, sieht man die Erleichterung in den Gesichtszügen von Morris. Grant mischt sich doch nicht zu sehr in die Befehlskette seines Kommandos ein.

Es sind mehrere Stunden vergangen, nichts außergewöhnliches hat sich ereignet und die Wrackteile, die bisher gefunden wurden, haben alle ein sehr übersichtliches Ausmaß. Einer der Kommandanten von einem der anderen Schiffe meldet: ››Sir, wir haben zwei Funksonden geortet, was sollen wir unternehmen?‹‹ ››An Bord nehmen und sofort Daten auswerten!‹‹

Die Techniker analysieren die Nachrichten der Funksonden. Die Überraschung ist groß, als sie den Inhalt der Nachrichten hören.

››Leutnant Grant, kommen Sie in die Zentrale, wir müssen Ihnen etwas zeigen beziehungsweise eine Nachricht vorspielen!‹‹

Keine Minute später steht Grant auf der Brücke: ››Worum geht es?‹‹, will er ungeduldig wissen. ››Es ist eine Nachricht an Sie im Speicher der Sonde, Grant!‹‹ ››Los, lassen Sie die Nachricht abspielen Captain!‹‹

Schon die ersten Worte der Nachricht lassen Grant das Blut in den Kopf steigen, der Inhalt der Nachricht ist nicht nach seinem Geschmack.

Alle auf der Brücke hören: ››Hier spricht General Michels, diese Nachricht ist an Leutnant Grant gerichtet! Sie sind ein Verräter der übelsten Sorte! Nicht nur, dass Sie mich und meinen Zuständigkeitsbereich ausspioniert haben, Sie haben auch versucht, mich mithilfe mehrerer Komplizen zu ermorden! Verlassen Sie mit Ihren Schergen das Mondsystem des Saturn! Ihr Schiffsverband ist keiner einer offiziellen Regierung, Ihre Aktionen sind illegal! Sie haben eine Stunde, um das System zu verlassen, andernfalls setzen wir Waffengewalt ein!! Dieses Ultimatum gilt ab dem Zeitpunkt des Abspielens dieser Nachricht. Ein Funkimpuls meldet mir, sobald diese Nachricht gehört wurde. Michels, Ende.‹‹

Verräter und Spione sind bei Raumschiffsbesatzungen ein rotes Tuch. Einem solchen Mann zu vertrauen und auch noch seine Befehle zu befolgen - solche Erkenntnisse bringen die beste Schiffsbesatzung in Unruhe!

››Haben Sie dazu etwas zu sagen, Grant!?‹‹ ››Dieser Michels überschätzt seine Möglichkeiten gewaltig, Morris!

Sind Sie für oder gegen mich? Sagen Sie es gleich, wenn Sie gegen mich sind, dann enthebe ich Sie ihres Kommandos. An alle anderen auf der Kommandobrücke auch: Sie können von ihren Posten zurücktreten oder für mich stimmen.‹‹ ››Grant, Sie hinterhältiges Schwein!‹‹, sind die letzten Worte, die Morris hinausschreit, bevor er tot zusammenbricht. Einer der drei Männer, die immer bei Grant sind, erschießt Morris aus dem Hinterhalt. ››Jeder, der noch gegen mich ist, verlässt die Brücke!‹‹

Der erste Offizier und der Navigator verlassen unter starken Protesten die Brücke. Grant lässt die Beiden sofort inhaftieren, damit nichts von der Nachricht Michels durchsickert. ›› Diesem Michels werden wir es schon zeigen!‹‹

ANGRIFFSBEFEHL ››Das Ultimatum ist abgelaufen, General!‹‹ kommt es von Cecen. ››Dieser Grant ist nur so von sich überzeugt, weil er glaubt, wir sind ihm hoffnungslos unterlegen. Da werden wir ihn eines Besseren belehren. Meine Modifikationen bei Antrieb und Bewaffnung der Lucky Star machen uns ihren Schiffen mehr als ebenbürtig!‹‹ ››Gut so! Ursa, Cecen, beide bereit?‹‹ ››Wir sind bereit, Edi!‹‹ ››AlleWaffensysteme scharfmachen, wir greifen an! Cecen, bringe die Lucky Star auf Abfangkurs zu ihrem Flaggschiff. Ich werde sie ein letztes Mal warnen, sollten sie darauf nicht reagieren, Schiff kampfunfähig schießen! Nur im äußersten Notfall gegnerisches Schiff zerstören, wir sind keine kaltblütigen Mörder!‹‹

››Angriffsalarm Sir! Das gegnerische Schiff ist in zwei Minuten in Schussweite. Sir, unser Gegner funkt eine Nachricht.‹‹ ››Durchstellen!‹‹ ››An alle Schiffe der Company, Sie haben 90 Sekunden um ihre Positionen im

Mondsystem des Saturn zu verlassen! Das ist Ihre letzte Chance! General Michels, Ende!‹‹

››Grant an alle Schiffskommandanten! Dies ist ein Befehl: auf keinen Fall zurückziehen! Gegner in die Zange nehmen und wenn möglich Schiff aufbringen! Wir brauchen die gegnerische Besatzung lebend! Grant, Ende.‹‹

Grants Schiffskommandanten bringen ihre Schiffe in eine gute Position um die Lucky Star anzugreifen. Diese erhöht ihre Geschwindigkeit plötzlich um das Dreifache, um sich aus der Reichweite der Waffen ihrer Gegner zu manövrieren.

›› Direkter Angriffskurs auf Grants Schiff, Cecen! Ursa, Torpedos auf das Hangardeck des Gegners abfeuern! Dort sind ihre Schiffe am verwundbarsten.‹‹

››Lieutenant Grant, der Gegner ist auf Kollisionskurs!‹‹
››Ausweichen!‹‹

Cecen fliegt ein waghalsiges Manöver, die Lucky Star kommt im letzten Moment am Schiff des Gegners vorbei. Dadurch hat Ursa die Position für einen idealen Torpedoabschuss. Der Pilot von Grants Schiff hat keine Chance den beiden Torpedos auszuweichen. Die Treffer sind so zerstörerisch, dass die Fregatte droht auseinanderzubrechen. Das Schiff driftet steuerlos auf Saturn zu, in dessen Gravitation es gekommen ist! Nur zwei Rettungskapseln lösen sich vom davontreibenden Wrack. Der Schock über den Verlust ihres Flaggschiffes veranlasst die Kommandanten der drei anderen Schiffe, sich aus dem Gefahrenbereich zurückzuziehen. Als sie den Angriff am Monitor verfolgen, ist ihnen sofort klar, dass sie keine Chance haben, dieses wendige kleine Schiff zu erwischen. Wenig später flüchten sie in Richtung Mars.

››Wir brechen den Angriff ab, der Feind zieht sich zurück!

Eines ihrer Schiffe hat die beiden Rettungskapseln an Bord genommen. Lasst sie flüchten, sonst haben wir keine Zeit eventuell Überlebenden zu helfen. Cecen, steure die Fregatte an, die im Begriff ist in den Saturn zu stürzen! Ursa fahr die Teleskopluftschleuse aus und Du, Cecen, dock an das Wrack an! Wir haben 50 Minuten, um nachzusehen, ob es Überlebende gibt, bevor die Gravitation des Saturn das Schiff zerbricht. Außer Cecen gehen wir alle an Bord, der Druck auf der Quartierebene beim Wrack ist stabil. Cecen, falls aus irgendeinem Grund Gefahr droht, startest Du ohne uns! Ursa, Finn, sehen wir nach!‹‹

An Bord des Wracks: ››Edi hast Du auch das Klopfen gehört? Es kommt von dort ganz hinten. Sehen wir nach, aber Vorsicht, kein unnötiges Risiko eingehen!‹‹

Finn zeigt uns an, hinter welcher Tür das Klopfen zu hören ist, denn für unser Gehör ist nicht definierbar, von wo das Klopfen kommt.

››Diese Kabinentür ist von außen verriegelt, Edi! Aufpassen, könnte eine Falle sein!‹‹ ››Gott sei Dank, nichts dergleichen, Ursa.‹‹

Hinter der verschlossenen Tür sind zwei leicht verletzte männliche Besatzungsmitglieder. Von Ihnen erfahren wir, dass Grant sie hier einsperren ließ. Dieses Deck ist das Einzige mit einer intakten, atembaren Atmosphäre. Nirgendwo anders im Schiff kann jemand überlebt haben.

››General, Ihr habt noch 5 Minuten, kommt zurück an Bord der Lucky Star!‹‹ hört man die besorgte Stimme Cecens über Funk. Die beiden Gefangenen, die wir mitbringen, staunten nicht schlecht, als sie unser Freund Cecen in Empfang nimmt.

››Bis wir wissen, wie Sie zu uns stehen, müssen wir Sie im kleinen Frachtraum einsperren! Ursa, übernimm bitte das

Einquartieren unserer beiden Gäste. Aber zuerst möchte ich wissen, wer und was sind Sie? Wenn möglich keine Lügen, ich finde so etwas schneller heraus, als Euch lieb ist! Also, heraus mit der Sprache!‹‹

Sie erzählen, dass sie Martin Trump und Robert Steiner heißen und dass sie Erster Offizier und Navigator auf der zerstörten Fregatte waren.

››Und wieso wart Ihr in Eurem Quartier eingesperrt?‹‹ will Ursa wissen.

Die Beiden erzählen, was sich in den letzten 36 Stunden auf ihrem Schiff abgespielt hat. Auch von dem feigen Mord an ihrem Captain Morris und wie Grant das Kommando an sich gerissen hat.

››Wenn das so ist, meine Herren und Ihre Angaben der Wahrheit entsprechen, haben Sie von mir nichts zu befürchten! Im Gegenteil, ich werde Sie auf diesem Schiff einsetzen, wenn Sie damit einverstanden sind?‹‹

Tag`s drauf: ››Im Umkreis von zehn Millionen Kilometern befindet sich kein Schiff mehr. Wir können jetzt in aller Ruhe die noch auffindbaren Wrackteile von Cecens Schiff suchen und sie vernichten. Es dürfen keine verwertbaren Spuren mehr zu finden sein! Also an die Arbeit!‹‹

Diese kurze Ansprache machte uns Ursa vor nunmehr fünf Wochen. In der Zwischenzeit waren wir nicht untätig und haben so nebenbei Saturn mit seinen Monden genauestens kartografiert. Unsere beiden Neuen, Martin und Robert, haben sich auch schon gut integriert. Durch ihre Hilfe ist es uns viel schneller gelungen, alle relevanten Wrackteile zu zerstören. Langsam werden die Vorräte knapp und mit den Energiezellen für den Antrieb ist es auch nicht mehr so toll. Auf dem Titan finden wir zwar alles, was wir für unseren Antrieb brauchen. Die technischen Mittel, um die

Grundelemente für unsere Energiezellen umzuwandeln, fehlen uns allerdings. Wir werden spätestens in zwei Wochen Ceres anfliegen müssen, um uns mit dem Nötigsten zu versorgen. Ursa wird sich sicher freuen, unseren Freund Watson wieder zu sehen. Und allen anderen schadet es auch nicht, mal wieder unter die Leute zu kommen. "Werde mal meinen täglichen Routinescann durchführen, sehen, ob es etwas Neues gibt. Was ist denn das für ein Funkcode? Aufgrund der Richtung, aus der er kommt, kann er nicht menschlichen Ursprungs sein!"

››Achtung, eine Durchsage! Kommt alle schnell in die Kommandozentrale, ich muss Euch über etwas informieren. Edi, Ende!‹‹

Keine Minute später: ››Gut, dass Ihr alle so schnell gekommen seid! Ich habe Funksignale angepeilt, die ich nicht zuordnen kann. Sie kommen aus einer Richtung, in der Neptun gerade steht. Mich würde schon interessieren, welchen Ursprung sie haben. Was haltet Ihr davon, wenn wir noch einen Abstecher zum Neptun machen? Diese Aktion würde acht Tage in Anspruch nehmen.‹‹

Keiner muss überredet werden, jeder ist vollauf begeistert! Die Neugier auf etwas Neues lässt in ihren Augen die Abenteuerlust aufleuchten. Nur Finn, der macht einen weniger erfreuten Eindruck - als ob er es verstehen würde, dass es mit dem Auslauf auf 35 Meter Schiffslänge bleiben würde.

Drei Tage später: Der blaue Gasball Neptun füllt schon unsere Bildschirme aus, als Robert laut denkt: ››Das Funksignal, ich höre es wieder! Laut Peilung kommt es vom großen Mond dort, Triton.‹‹

Triton mit seinen 2700 km Durchmesser und einer mittleren Temperatur von minus 237° Celsius ist wohl nicht der Urlaubstraum von Sonnenanbetern.

››Cecen, nimm Kurs auf die errechnete Position des Senders und lande in sicherer Entfernung! Such Dir eine geschützte Landestelle, von der aus kein direkter Sichtkontakt zur Position des Senders ist. Cecen und Robert bleiben an Bord, Ursa, Martin und ich werden uns mit unserem Mond - Rover die Sache genauer ansehen.‹‹

Cecen manövriert die Lucky Star in eine enge Schlucht, etwas mehr als vier Kilometer vom Sender entfernt. Im Schatten der Klippen des Canyons ist das Schiff kaum zu sehen. Der Weg vom Schiff zum Sender ist für den allradgetriebenen Mond-Rover im Normalfall überhaupt kein Problem.

››Außenteam, Raumanzüge anziehen, den Rover für die Abfahrt ausschleusen und fertigmachen! Wir starten in 20 Minuten!‹‹

DIE BEGEGNUNG

Ursa lenkt den Rover mit großer Geschicklichkeit über das unebene Gelände. Die geringe Schwerkraft bewirkt, dass der Rover 20-30 Meter Sprünge über die Bodenwellen macht.

››Fahr ein bisschen vorsichtiger, sonst überschlägt es uns noch!‹‹ Mahnt Edi zur Vorsicht. ››Haben meine Fahrgäste die Hosen voll?‹‹ Ursa genießt es sichtlich, Martin und mir mit ihren Fahrkünsten das Fürchten zu lernen. ››Meine Herrn, machen Sie sich bereit zum Aussteigen, in Kürze haben wir unser Ziel erreicht!‹‹ Im Stil eines Bahnhofsprechers kommen immer wieder solche Meldungen von Ursa. ››Verflixt! Ein kompletter Zusammenbruch der Energieversorgung, alle Systeme fallen aus! Schnell, schließt Eure Raumanzüge!‹‹

In Ursas Gesicht kann ich zum ersten Mal einen

verzweifelten Ausdruck erkennen. Dieser unerklärliche Komplettausfall aller Systeme macht ihr Kopfzerbrechen, hat sie doch selbst die Energiezellen des Rovers aufgeladen und getauscht.

››Wir müssen den Rover stehen lassen, die paar Meter schaffen wir zu Fuß auch noch. Den Rover holen wir dann später mit der Lucky Star. Ursa an Cecen, müssen Rover wegen Komplettausfall aller Systeme verlassen, gehen zu Fuß weiter!‹‹

››Cecen an Außenteam, halte unser Schiff in Alarmbereitschaft, wenn nötig bin ich in einer Minute bei Euch!‹‹

Der Weg bis zum Sender, der noch vor uns liegt, führt uns durch eine flache Senke bis zu einem etwa 50 Meter hohen Felsen. Von unserem jetzigen Standpunkt aus kann man nichts erkennen, geschweige einen Sender sehen.

››Kurze Lagebesprechung, Martin, Ursa. Unsere Sauerstoffversorgung reicht für über 6 Stunden. Wir haben zwei Möglichkeiten: Wir gehen in Richtung Felsen und sehen uns die Sache an. Oder wir gehen zur Lucky Star zurück und kommen später noch einmal, sobald wir wissen, was mit unserem Rover los ist.‹‹ ››Ich sehe kein großes Risiko. Wir sollten uns die Sache gleich ansehen, unser Sauerstoff reicht zweimal‹‹, ist Martins Meinung zur Lage. ››Wenn Du nichts dagegen hast, Edi, sehen wir uns gleich um!‹‹, kommt es von Ursa. ››Dann sind wir ja alle einer Meinung, also los, sehen wir nach!‹‹

Die Ebene bis zum Felsen, wo sich der Sender laut Peilung befindet, haben wir in wenigen Minuten überwunden. Von einem Sender oder auch sonst einer technischen Anlage keine Spur! Wir umrunden den Felsen zwei Mal, nichts zu sehen.

Mehrere Meter unter der Oberfläche Tritons: ››Aik` was

sollen wir machen? Die drei Figuren tanzen auf unserem Stützpunkt herum, als suchten sie hier gezielt nach uns.‹‹
››Unmöglich Erk! Ihre technischen Mittel reichen nicht aus, um uns durch unsere Abschirmung orten zu können. Es muss Zufall sein, dass sie hier aufgetaucht sind. Aber aus Sicherheitsgründen werden wir sie uns greifen, sobald wir eine Gelegenheit haben. Bereite alles Nötige vor!‹‹

››Cecen soll uns abholen! Ursa an Cecen, starte und hole unseren Rover ab, wir treffen uns in 5 Minuten beim Standort des Rovers!‹‹

Cecen landet gerade als bei der Lucky Star urplötzlich die gleichen Systemausfälle auftreten wie beim Rover. Alle Systeme versagen, nur die primären Lebenserhaltungssysteme bleiben intakt. Wieder an Bord unseres Schiffes checken wir alle Systeme, finden aber keinen Fehler, der für das Versagen der gesamten Elektronik verantwortlich sein könnte. Selbst Cecen ist ratlos! So gestresst habe ich ihn noch nie gesehen. Als er sich wieder halbwegs im Griff hat erklärt er uns die Lage.

››Also, zu unserem Problem: Als ich zur Landung ansetzte, registrierten die Instrumente für den Bruchteil einer Sekunde einen Energiestrahl unbekannter Art. Ich denke, dass das mit unserer misslichen Lage zusammenhängt. Wir müssen das Schiff in spätestens acht Tagen wieder flott haben, sonst werden wir hier auf diesem Eiswürfel sterben! Hilfe von Seiten der Menschen ist nicht möglich, da ihr schnellstes Schiff in frühestens sieben Wochen hier sein könnte. Unsere Aufgabe ist doppelt schwierig, weil alle elektronischen Hilfsmittel tot sind!‹‹ ››Cecen, Du hättest Psychiater werden sollen, deine Geschichten sind ja so beruhigend!‹‹

Na ja, Ursa hat zumindest ihren Humor nicht verloren!

Fünf Tage später hat sich unsere Lage um nichts verbessert. Wie heißt doch der Spruch? "Die Hoffnung stirbt zuletzt!"

››Aik`, ich habe gar nicht gewusst, dass Du so eine, sagen wir, leicht gemeine Art hast!‹‹ ››Erk`, Du siehst das nicht ganz richtig! Ich mache das nicht, weil ich eine perverse Ader habe. Für mich ist es ein Experiment, wie weit Menschen körperlich und psychisch belastbar sind.‹‹ ››Wann willst Du sie von ihrem Leiden erlösen?‹‹ ››Jetzt!‹‹

Auf der Lucky Star: ››Die Systeme, der Antrieb laufen!! Aber wieso??‹‹ ››Cecen, Du Teufelskerl!‹‹ ››Ich habe mit dem allen nichts zu tun! Alarm!! Jemand oder etwas hat unser Schiff übernommen!‹‹

Alle an Bord schreien wild durcheinander, kein Wunder, die Nerven liegen blank. Mancher hatte mit seinem Schicksal schon abgeschlossen. Wie durch Zauberhand schweben die Lucky Star und der Rover in Richtung Felsen inmitten der Ebene. Der Felsen teilt sich in zwei Hälften, darunter wird ein Hangar freigegeben, in dem unser Schiff samt Rover verschwindet. Der Felsen schließt sich wieder, sodass nichts mehr auf uns oder diese geheime Station hinweisst.

››Was haben die mit uns vor? Sie werden mich nicht kampflos bekommen! Kommt, denen zeigen wir mit wem sie sich da angelegt haben!‹‹

Diese Worte dringen Ursa noch ins Ohr, bevor uns alle eine Ohnmacht übermannt. Als das Bewusstsein in meinen Körper zurückkehrt, muss ich feststellen, dass wir alle fünf auf Liegen festgeschnallt sind. Von Finn keine Spur, wo haben sie ihn hingebracht? So nach und nach kommen auch die anderen aus dem Reich der Träume zurück.

››Was haben die mit uns vor, Edi?‹‹, wollen Martin und Robert wissen. Ein vertrautes Geräusch, und zwar das

Bellen von Finn, ist zu hören. Es dringt durch die offene Tür in den Raum, in dem wir sind. Finn stürmt wedelnd auf uns zu. Hinterher gehen zwei durchtrainierte junge Männer in fremdartigen Uniformen. Sie bleiben direkt vor uns stehen. Das Einzige, was sich ein wenig beruhigend auswirkt, ist, dass Finn keinerlei feindseliges Verhalten den Fremden gegenüber zeigt.

››Können Sie mir sagen, was das alles zu bedeuten hat? Wieso sind wir hier angeschnallt und was haben Sie überhaupt mit uns vor?‹‹

Ein Lächeln kommt bei einem der beiden über die Lippen. Der Zweite, etwas ernster, meint nur: ››General, wir werden Ihnen und Ihren Freunden ihre Fragen gerne beantworten. Unsere Namen sind Erk`Ma und ich bin Aik`Makey. Wir konnten uns am Anfang überhaupt nicht erklären, wie Sie uns überhaupt gefunden haben. Ihr Menschen habt nicht die Technik, die es Euch möglich macht, einen unserer Stützpunkte zu finden. Dass Euer neuer Freund, der Natrill Cecen Euer Schiff so gut aufgerüstet hat, dass Ihr unseren Stützpunkt finden konntet, wussten wir nicht. Wir vom Volk "Schatten der Sterne" verfügen über Mittel und Technologien, die wir von den Welten aller bekannten Völker zusammengetragen haben. Wir sind sehr gut darin, vorhandene Technologien anderer zu verfeinern und zu verbessern. Nicht so wie bei Euch auf der Erde, wo im asiatischen Raum billige Kopien Eurer besten Technologien hergestellt werden, die dann dazu beitragen, Euer Wirtschaftssystem zu untergraben. Unser Volk trägt zu 99 % dieselben Gene und Erbanlagen in sich wie Ihr Menschen! Nur deshalb das Interesse unsererseits, was die Zukunft der Menschen betrifft. Der große Unterschied unserer Völker, sehen wir von der Technik ab, ist der, dass wir mit unseren Artverwandten und auch mit allen anderen bekannten Völkern würdevoll umgehen. Auf unseren Planeten hat es nach ihrer Zeitrechnung seit über 9.000 Jahren keinen Mord oder andere Gewaltverbrechen gegeben. Was aber nicht heißt, dass wir uns unserer Haut nicht wehren können! Ganz im Gegenteil, genauso wie bei der Technologie, haben wir auch das Beste aus den Kampftechniken der anderen Völker übernommen. Aber, wie ich sehe, habt Ihr auch einiges durch Natrilltechnik verbessert. Bei einem von Euch muss dieser Natrill eine Lebensschuld haben, sonst würde er Euch niemals helfen und für Euch arbeiten. Seit Euch immer bewusst, solltet Ihr einmal auf andere seines Volkes treffen; gegen seine eigene Spezies verteidigt er nur den, bei dem er seine Schuld trägt! Ich weiß nicht, wie viel Euch Euer Freund "Cecen" über sich und sein Volk erzählt hat. Aber eines ist sicher, er würde seine Spezies niemals verraten! Ihr werdet Euch vielleicht fragen, wieso ich so freizügig alle diese Informationen preisgebe. Ganz einfach: Wir lassen Euch erst dann wieder in Eure Zivilisation zurück, wenn wir uns sicher sein können, dass Ihr Eure in unsere Denkweise integriert habt. Bis dahin können Monate oder auch Jahre vergehen. In zwei Tagen werdet Ihr mit dem nächsten Versorgungsschiff auf unsere Heimatwelt Makateh gebracht. Dort werdet Ihr als unsere Gäste an einer umfangreichen Ausbildung teilnehmen. Ohne diese Maßnahmen können wir keinen in die irdische Zivilisation zurückkehren lassen, mit diesen Tatsachen müssen Sie sich abfinden! Einige von Ihnen werden auf Makateh alte Freunde wiedertreffen. Bereiten Sie sich alle geistig und seelisch auf die bevorstehenden Aufgaben vor. Ist jemand gegen diese Anordnungen, gibt es nur eine Alternative, die wir über siebzig Jahre nicht mehr angewendet haben; eine Bewusstseinsänderung. Das heißt, es werden demjenigen alle Informationen, die zu uns führen, genommen und durch unwichtige, künstliche ersetzt. Ich selbst bin kein Freund dieses Eingriffs. Haben Sie noch Fragen?‹‹

››Könnte uns endlich jemand losbinden? Ich habe ein

dringendes Bedürfnis, wo ist hier eine Toilette? Und habt Ihr Finn schon gefüttert!?‹‹

Die beiden Aik` und Erk` schmunzeln über Ursas Bemerkung, befreien uns aber sofort aus unserer nicht gerade bequemen Lage und zeigen uns unsere Quartiere. Bis zu unserem Abflug nach Makateh erkunden wir ihre Station. Hier ist mehr Technik vereint als auf dem gesamten Planeten Erde! Allein die Schwerkraftgeneratoren, die der gesamten Station 1,05 Gravitation bescheren, sind ein Wunder der Technik.

Erk` erklärt uns mit welcher Art Technik sie unsere Schiffselektronik lahm gelegt hatten. Für uns alle, außer Cecen, sind die Zusammenhänge dieser Technik zu komplex und deshalb einfach nicht zu verstehen.

Am darauf folgen Tag landet das einhundertfünfzig Meter lange Versorgungsschiff, mit dem wir mit nach Makateh reisen sollen. Das Entladen der Versorgungsgüter dauert nicht länger als eine Stunde. Auf einem Monitor können wir verfolgen wie unser Schiff, die Lucky Star, in den Frachtraum des Raumfrachters verladen wird. Auf die Frage, was das soll, antwortet uns Aik`Makey: ››Euer Schiff wird in einer Werft auf Makateh modifiziert.‹‹

››Alle Gäste, die Richtung Makateh fliegen, sollen sich an Bord des Frachters begeben, der Start erfolgt in einer halben Stunde!‹‹ verkündet der der Pilot des Raumfrachters über Lautsprecher. Die beiden Aik` und Erk` verabschieden sich von uns und wünschen uns einen guten Aufenthalt auf ihrem Heimatplaneten. Vom Captain des Transportschiffes erfahren wir, dass Makateh für die Völker der Milchstraße eine Legende ist. Viele glauben, dass Makateh gar nicht existiert. Die Position von Makateh ist keinem der Völker bekannt. ››Der direkte Flug zu dieser Welt ist nur den ersten Tausend gestattet, dies sind die höchsten Würdenträger meines Volkes. Nur diese Tausend kennen die Koordinaten unseres Sonnensystems!«, erklärt uns der Captain. »Dann sind Sie einer dieser Tausend, Captain?«

DAS WIEDERSEHEN

Wie ein Juwel in Grünblau umkreist der Mond Makateh seinen Planeten, einen jupiterähnlichen Gasgiganten, der sieben große und vierundfünfzig kleine Monde hat. Von den sieben großen Monden haben vier lebensfreundliche Bedingungen.

»Bitte fertigmachen, wir landen in Kürze auf dem Raumhafen von Makateh!«, kommt die Durchsage aus dem Lautsprecher. »Wir landen ja gar nicht auf dieser Welt, sondern auf dem kleinen Mond, der sie umkreist!?« »Da haben Sie recht, General Michels, der Raumhafen von Makateh befindet sich auf diesem Mond. Es dürfen nur Raumfähren und Gleiter unsere Hauptwelt anfliegen, keine Raumschiffe! Machen Sie sich bitte bereit zum Umsteigen in den Shuttlegleiter, er bringt Sie auf Makateh.« »Danke Captain, für Ihre Auskünfte und den interessanten Flug! Ich möchte mich auch für die Anderen bedanken. Wir hoffen, wir sehen Sie wieder, alles Gute von uns allen!«

Nach gut einer halben Stunde landet das Shuttle auf Makateh. Die Begrüßungsabordnung wartet schon an der Landebucht auf uns.

Die ersten Worte, die Ursa mit Tränen in den Augen hervorbringt: »Totgeglaubte leben länger! Was bin ich froh Dich am Leben zu sehen, Drake!« Alle haben sich so viel zu erzählen, dass es beinahe eine Stunde dauert, bis sich das wilde Durcheinander wieder normalisiert. Aldrich ergreift das Wort: »Alle mal her hören, ein bisschen

Ruhe! Ich möchte Euch unsere Gastgeber und Gönner, den Ersten im Hohen Rat, Rey Meyesty und seine Stellvertreterin im Hohen Rat, Erki` Makey vorstellen. Der durchtrainierte Kerl daneben ist Ak`Gion, der vielleicht kampfstärkste Krieger dieses Volkes. Er ist unser Ausbildner und Lehrer und in der Zwischenzeit ein guter Freund. Rey Meyesty, der Oberste im Rat, möchte zu Euch ein paar Worte sprechen.‹‹ ››Zu allererst möchte ich Sie alle ganz herzlich begrüßen! Wie ich sehe, sind nicht nur Menschen unter Ihnen, mich freut es ganz besonders, dass auch ein Natrill zu unseren Gästen zählt! Und einen Hund hatten wir auch noch nie als Gast auf unserer Welt, seine Ausbildung soll natürlich sein Besitzer selbst durchführen. Für die anderen wird die Fortbildung beziehungsweise Weiterbildung viele neue Möglichkeiten eröffnen. Für Ihre militärische Ausbildung ist Ak`Gion zuständig, er wird Sie alle bis an ihre Grenzen treiben. Wer seine Ausbildung übersteht, kann mit allen, außer den Natrillkriegern, mithalten! Sie werden noch sehen, wie das gemeint ist. Ohne Bewaffnung ist ein Natrill für einen Menschen unbesiegbar, selbst hier gibt es nur eine Handvoll Krieger, die eine Chance haben, so einen Kampf zu überleben. Nun möchte ich meine Ansprache beenden, ich hoffe, Sie haben einen angenehmen und lehrreichen Aufenthalt bei uns! Ak`Gion und Captain Aldrich haben für heute Abend eine kleine Begrüßungsparty für unsere neuen Gäste hier auf Makateh vorbereitet! Alle sind herzlich eingeladen! Aber jetzt wird den Neuen zuerst einmal ihre Unterkunft gezeigt, damit sie sich ein wenig ausruhen und frisch machen können. Für weitere Fragen steht Ihnen meine Stellvertreterin Erki`Makey zu Verfügung.‹‹ ››Sind Sie mit Aik`Makey verwandt?‹‹ ››Ja, Ursa Bone, er ist mein jüngerer Bruder.‹‹

Ursa & Finn

AUFBRUCH INS NEUE BEWUSSTSEIN

Die Wiedersehensparty wird ein voller Erfolg, Aldrich tauscht mit Michels alte Geschichten aus. Sie haben mit Ak'Gion einen aufmerksamen Zuhörer, der aus den Erfahrungen der alten Haudegen alles Nützliche für sich heraushorcht. Drake ist mit Ursa so in Gespräche über Finn und seine kleinen Schandtaten vertieft, dass sie Rey Meyesty erst bemerken, als der sie fragt, ob er sich dazu setzen dürfe. Beide sind so überrascht, dass sie im ersten Moment kein Wort herausbringen. Wo auf der Erde würde eine Führungspersönlichkeit zwei normale Sterbliche so etwas fragen? Und hier auf dieser Welt, die vielleicht das am weitesten entwickelte Volk beherbergt, unterhält sich der geistige Führer des Hohen Rates mit dem Fußvolk, einfach unglaublich!

Rey Meyesty erzählt ganz offen, wie auf ihrer Welt die Regierungsgeschäfte laufen. ››Die größte Ehre, die einem Bürger des Schattenvolkes wiederfahren kann, ist es, in den Hohen Rat berufen zu werden. Dieses Ziel kann theoretisch jedes intelligente Wesen, das im Sternenstaat der Schatten lebt, erreichen. Es ist überhaupt nicht ausschlaggebend welchem Stand man angehört. Es ist wichtig, was man in der Gesamtheit für den Sternenstaat tut. Dabei spielen die Möglichkeiten, die jeder einzelne Bürger hat, die Hauptrolle. Ein Bauer hat nicht dieselben Voraussetzungen wie einer der ersten Tausend. Dieselbe Tat für das Gemeinwohl unseres Volkes hat, von einem Bauern getan, eine viel höhere Wertigkeit als von einem der ersten Tausend, dessen Möglichkeiten viel größer sind. Unsere Regierung besteht aus den ersten Tausend und den zehn im Hohen Rat. Diese „Tausendzehn" haben die Möglichkeit bei wichtigen Regierungsgeschäften mitzubestimmen, selbst wenn sie viele Lichtjahre von Makateh entfernt sind. Wahlen, wie Ihr sie auf der Erde kennt, gibt es bei uns nicht. Scheidet eines der eintausendundzehn

Regierungsmitglieder durch Amtsende, zu hohen Verfall der Wertigkeit, Tod oder eine andere höhere Gewalt aus, rückt automatisch der nächste mit der höchsten Wertigkeit für die Gemeinschaft nach. Die Amtszeit, der ersten Tausend ist, zehn Makateh - Jahre, der im Hohen Rat der Zehn auf Lebenszeit. Nur eine Einschränkung gibt es in unserer Regierung, der Oberste im Rat darf nicht aus der Zunft der Krieger kommen. Ansonsten ist alles möglich! Selbst Ihr Menschen könntet theoretisch jedes Amt erreichen, wenn Ihr Angehörige unseres Sternenstaates werdet. Was die Ausbildung anbelangt hat jeder in unserer Gemeinschaft alle Möglichkeiten - wenn es dessen Fähigkeiten zulassen!«

Diese verständliche, einfache Erklärung der Regierungsgeschäfte macht uns klar, wieso alles hier so harmonisch abläuft. Es gibt so gut wie keine Korruption bei diesem Volk. In Ursas Augen kann man die Bewunderung für diesen besonnenen und ruhig sprechenden Mann sehen. Allen anderen, die das Gespräch mitgehört haben, geht es nicht anders. Einzig unser Nahkampftrio Edi, Mick Aldrich und Ak`Gion haben von dem, was Rey Meyesty uns erzählt hat, nicht viel mitbekommen. Alex Klein spaziert mit Erki`Makey zum nahe gelegenen See, dort verlieren wir sie aus den Augen. Von Cecen hört man den ganzen Abend nichts. Zuerst horcht er den verschiedenen Gesprächen zu, später spielt er mit Finn. Das gute Essen und der hiesige Wein machen müde, langsam löst sich die Gesellschaft auf. Nur unsere drei Kämpfer machen die halbe Nacht durch. Am Morgen, als die ersten Vögel ihre Gesänge zum Besten geben, ziehen auch sie sich für ein paar Stunden Schlaf zurück.

Der nächste Tag bringt für die Gäste aus dem Solarsystem erst am frühen Nachmittag den ersten Programmpunkt. Die Einschreibung in die verschiedenen Schulungen und Kurse für die Neuankömmlinge ist gerade beendet, als

Erki`Makey mit mehreren den neuen, noch unbekannten Personen, auf der Bildfläche erscheint und kurz zu ihnen spricht: ››Ich hoffe, Sie haben sich von unserer kleinen Feier gut erholt! Ak`Gion kennen Sie alle schon, er ist für ihre körperliche Fitness zuständig. Die anderen drei hier anwesenden Personen sind Mitglieder im Hohen Rat der Zehn. Ihnen wird zur Ehre, von den besten Köpfen in unserem Sternenstaat ausgebildet zu werden! Also erweisen Sie sich dieser Ehre für würdig! Sie werden ihre geistige Fitness in allen technischen und wissenschaftlichen Bereichen, sowie in den Naturwissenschaften, auf den neuesten Stand bringen. Darf ich vorstellen, Eko`Dar, er unterrichtet Sie im technischen Bereich, Sur Èlem, sie übernimmt ihre Computer - und Elektronikausbildung und Dar`Xui ist Ihr Lehrer für Naturwissenschaften allgemein. Der Unterricht beginnt täglich um 7 Uhr Makateh - Zeit und endet um 15 Uhr. Die restliche Zeit ist zur freien Verfügung. Heute überprüft Ak`Gion noch Ihre Fitness, morgen fangen wir mit dem vollen Programm an! Ak`, Du kannst übernehmen.‹‹ ››Es dürfen alle mitmachen, auch die, die schon länger hier sind! 30 Minuten warmlaufen, anschließend den Hindernislauf. Wer dann noch stehen kann, darf mit mir ein paar Verteidigungsübungen ausprobieren!‹‹

Ak`Gion legt ein Tempo vor, dass die meisten schon nach dem Warmlaufen ihre Grenze erreichen. Besonders Cecen hat mit seinen kurzen Beinen Schwierigkeiten, das hohe Tempo mitzuhalten. Der Hindernislauf ist mörderisch, einzig Aldrich kann mit Ak` mithalten.

››Ein wenig mehr Einsatz, wenn ich bitten darf! Ihr seid ja auf dem Weg, als wolltet Ihr in einem Altenheim einen Pflegeplatz buchen!‹‹, ist Ak`Gions Aussage zur Fitness der Gruppe. ››Wer fühlt sich noch fit genug für ein paar Nahkampfübungen?‹‹ Nur Cecen meldete sich, alle anderen fühlen sich noch von den Feierlichkeiten des

Vortages zu geschlaucht. ››Gut so, aber zum Zusehen, wie ein Natrillkrieger kämpft, werdet Ihr wohl nicht zu müde sein? Passt gut auf, jetzt könnt Ihr einiges lernen!‹‹

Keiner von Cecens Freunden hat den Natrill jemals richtig kämpfen gesehen, sie kennen ihn alle nur als exzellenten Piloten und Techniker. Ak`Gion weiß genau, welch ein gefährlicher Gegner er für ihn ist. Er überspringt ihn von vorne, noch bevor er wieder auf den Beinen aufkommt, macht Ak` in der Luft eine Körperdrehung und reißt Cecen nieder. Aber anstatt ihn niederzuringen, löst er sich wieder blitzschnell und versetzt ihm mehrere Schläge mit den Fäusten. Beim zweiten Angriff ist Ak` um den Bruchteil einer Sekunde zu langsam, Cecen kann Ak`Gion mit zwei Armen fixieren, mit den beiden anderen eröffnet er ein Trommelfeuer an Schlägen, dass es Ak` die Luft aus den Lungen presst. Zur Draufgabe wirbelt er Ak` herum, dass er erst in beinahe zehn Metern Entfernung den Boden wieder erreicht. Cecen geht besorgt zu seinem Gegner hin und fragt: ››Alles in Ordnung?‹‹ ››Ich bin O.K, mir tun nur ein paar Rippen weh. Habt Ihr gesehen? Ich hätte sehr viel Glück gebraucht, um Cecen ohne Waffen zu überwältigen. In neunundneunzig von hundert Fällen würde ein Natrillkrieger von der Klasse Cecens einen unbewaffneten Gegner innerhalb weniger Sekunden töten. Ich bin überzeugt und weiß, dass er gegen mich mit maximal 80% seiner Möglichkeiten gekämpft hat. Also merkt Euch, sobald Euch ein Natrill in seine Hände bekommt und Ihr seid unbewaffnet, dann ist das Euer sicherer Tod!‹‹

Alle bringen vor Staunen über die Fähigkeiten Cecens den Mund nicht mehr zu. Spätestens jetzt weiß jeder, welch gefährliche Gegner die Vertreter dieses Volkes sind.

››Der einzige Mensch, der einen Nahkampf mit den Natrill überlebt hat, ist mein Freund Mick Aldrich, und der war mit zwei langen Kampfmessern bewaffnet!‹‹ gibt Ak'Gion zu Protokoll. Ak' verabschiedet sich kurz darauf von uns mit den Worten: ››Wir sehen uns morgen um 13 Uhr und seit pünktlich, sonst lernt Ihr mein Spezialprogramm kennen!‹‹

Ein paar von uns gehen noch zum nahe gelegenen See und entspannen ihre geschundenen Körper in seinem angenehm kühlen Wasser. Die untergehende Sonne ist auf Makateh ein Naturschauspiel ohnegleichen; die gelbe Sonne "Makar" die am Horizont untergeht, während gleichzeitig der kleine Mond von Makateh aufgeht! "Maka", der Gasriese um den sich Makateh bewegt, ist 13 Millionen km entfernt, dadurch wirkt er optisch wie ein großer Mond, mit den Farben eines Gasriesen. Bei genauem Betrachten von Makatehs Mond kann man sehen, wie Raumschiffe den Raumhafen anfliegen und wieder verlassen. Dieser Trabant mit einem Durchmesser von etwa 500 Kilometern birgt in sich neben dem Raumhafen mehrere Raumschiffwerften und den größten Flottenstützpunkt der Schattenkrieger. Makateh umrundet Maka alle 217 Tage einmal, Maka selbst braucht 383 irdische Tage, um seine Sonne Makar in 155 Millionen Kilometern Entfernung zu umrunden. Der Tag auf Makateh dauert 22 1/2 Stunden, in dieser Zeit ist eine Achsdrehung vollzogen. Dieses Volk, das so schlagkräftig und doch so friedfertig ist, fördert das Schöne, schützt die Natur und alles Leben. Es setzt nur Waffengewalt ein, wenn es sich verteidigen muss oder Unterdrückten hilft. Wenn man genau nachdenkt, versteht man die Philosophie und das Streben dieses Volkes; miteinander nicht gegeneinander! Selbst die fünfundfünfzig verschiedenen Spezies, die von den "Schatten der Sterne" eingebürgert wurden, haben sich an die Lebensweise dieses Volkes angepasst. Es sind immerhin rund fünfzig Millionen Individuen auf neun bewohnten Welten und auf fünfundsechzig Stützpunkten, verteilt im Sternenstaat des

Schattenvolkes. ››So Drake, jetzt hast du genug über alles nachgedacht! Geh schlafen, morgen ist auch noch ein Tag!‹‹, sage ich zu mir selbst!

DAS TRAININGSCAMP

Fünf Minuten vor Unterrichtbeginn sitzen alle auf ihrem Platz. Punkt 7 Uhr betritt Eko`Dar den Lehrraum und begrüßt uns.

››Guten Morgen! Gut so, die Neuen haben anscheinend verstanden, dass es zum guten Ton in unserer Kultur gehört, Personen, die in Ehre und Achtung höher stehen, nicht warten zu lassen. Wir werden Sie in zwei Gruppen teilen; die Gruppe, die schon länger unsere Gastfreundschaft in Anspruch nehmen durfte, geht in den Lehrraum nebenan zu SurÈlem. Diese wird Sie über die Lehrpläne informieren. Die Neuen bleiben bei mir. Ich werde Sie genau informieren, wie die gesamte Ausbildung abläuft!‹‹

Aldrich, Klein, Berger, Rain und meine Wenigkeit "Bone", werden in den Schulungsraum nebenan geschickt, zu Ratsmitglied SurÈlem, um unsere Lektionen von ihr zu lernen. Ursa, Michels, Cecen, Steiner und Trump haben heute das erste Mal das Vergnügen, festzustellen, was es heißt, die Lehrziele zu erreichen, die der Hohe Rat von uns erwartet.

››Wie Sie sicher schon alle wissen, ist mein Name Eko`Dar. Meine Aufgabe im Hohen Rat ist es, neue technische Errungenschaften aus allen Teilen des bekannten Universums auszusondern. Man könnte sagen, ich bin der technische Offizier im Rat. Ich versuche, alle technischen Neuerungen anderer Völker, die für uns neu sind und auch Sinn ergeben, in unserem Sternenstaat zu integrieren. Nun hat mir Rey Meyesty, unser oberster Denker im Rat, die Aufgabe anvertraut, Euch so auszubilden, dass Ihr für Eure Rasse und natürlich auch für uns wertvolle Mitglieder unserer Gemeinschaft werdet. Ihr habt nur zwei Möglichkeiten: Entweder Ihr beißt die Zähne zusammen und absolviert unser intensives Spezialtraining für Euch, dann werdet Ihr zum Wohl der Menschen, aber auch aller anderen Spezies, die unsere Hilfe brauchen, eingesetzt. Die zweite, einfachere Lösung ist die, Ihr sucht Euch hier auf Makateh Euren Lebenspartner, gründet eine Familie und macht irgendeine Arbeit, die Ihr beherrscht. Aber eines muss Euch dann klar sein, Ihr dürft aus Sicherheitsgründen für unseren Sternenstaat Makateh nicht mehr verlassen. Das heißt, Ihr seht Euren Heimatplaneten Erde nie mehr!‹‹

Dieser kleine Vorgeschmack, was alles auf uns zukommt, hat uns schon ein wenig nachdenklich gemacht. Cecen ist der Einzige, der den Eindruck macht, als ginge ihm dies alles am Arsch vorbei. Da wird wohl sein überlegenes Wissen uns Menschen gegenüber auch eine Rolle spielen? Bei ihm sieht alles so leicht aus! Jede noch so komplizierte Apparatur begreift er so schnell, dass selbst Aik`Makey auf Triton sagte, so etwas hat er bei einem Natrill noch nie gesehen.

››Darf ich um Eure Aufmerksamkeit bitten! Ihr seht alle so in Eure Gedanken versunken aus. Lasst Euch von mir keine Angst machen, Ihr schafft das schon! Meine Erfahrungen haben gezeigt, wenn eine Gruppe zusammenhält ist alles möglich!‹‹

Diese Worte von Eko`Dar haben bei uns eine leicht beruhigende Wirkung, weil wir wissen, dass wir uns auf Cecen mit seinem umfangreichen Wissen verlassen können. In der Zwischenzeit im benachbarten Schulungsraum: ››Meine Herrn, wie Sie alle seit gestern wissen, bin ich, SurÈlem, für die zweite Stufe ihrer Ausbildung zuständig. Wie ich von Ratsmitglied Eko`Dar erfahren habe, haben

Sie alle mehr oder weniger gut seine Ausbildung bestanden. Bei mir wird es für Sie um eine Stufe schwieriger. Meine Aufgabe ist es, Ihnen die kompliziertesten elektronischen Raffinessen beizubringen. Diese Aufgabe ist selbst für mich sehr schwierig, da Ihr Level auf diesem Gebiet einem Zehnjährigen in unseren Grundschulen bei Weitem nicht standhält!«

Diese mehr oder weniger beunruhigenden Worte hinterlassen ihre Spuren. Man hört von Aldrich so verzweifelte Hilfeschreie wie: "Soll ich zuerst nachsehen, ob seine Verkabelung in Ordnung ist, bevor ich ihm den Kragen umdrehe!?" Und er ist nicht der Einzige, der sich seiner Sache nicht ganz sicher ist. Selbst Fred Berger und Andy Rain, die auf der Erde in der obersten Etage in der Elektronikbranche zu Hause sind, wirken unsicher. Klein dagegen sagt nur: »Wenn ich es schaffe o.k, wenn nicht, ist es auch in Ordnung! Mir gefällt es ganz gut hier!« Kein Wunder, fast jeder auf dieser Welt hat schon Gerüchte über sein Techtelmechtel mit Erki`Makey gehört. Ich persönlich würde die Erde ganz gerne wieder sehen, da gibt es noch einiges, das ich gerne ins rechte Licht rücken möchte! Aber, "Lass die Zeit kommen, dann kommt der Rat von selber". Diesen leicht veränderten Wortlaut sagte mein Großvater zu mir; bevor er starb. Kann vieles heißen, aber auch nichts. Ich habe mich schon immer irgendwie durchgewurschtelt, das werde ich wohl vom Großvater haben! Alle haben sich zurückgezogen, um die Ihnen gestellten Aufgaben zu lösen. Die Hohe Rätin SurÈlem, scheint noch etwas mit mir besprechen zu wollen.

»Mister Bone, haben Sie überhaupt gehört, was ich zu Ihnen gesagt habe!?« »Wie, was!?« »Ich habe Sie gefragt, ob Sie wirklich so ein Wirtschaftskrimineller sind, wie es die Medien auf Ihrem Heimatplaneten berichtet haben?«

Ganz verstört, aus meinen Gedanken gerissen, antworte ich: ››Wie darf ich Sie ansprechen? Hoher Rat , Sur Èlem oder anders? Alles, und ich meine wirklich "alles", was mir vorgeworfen wird, sind Dinge, die auf der Vergangenheit meines Großvaters beruhen und mit mir nicht das geringste zu tun haben! Alles, wofür ich verurteilt wurde, ist rein politisch. Ich bin einfach der Sündenbock für die politische Karriere anderer.‹‹ ››Also, wie Sie auf alles eine Antwort wissen, verblüfft mich immer wieder aufs Neue!‹‹ ››Sie sind eine schöne, intelligente Frau, wie alle Frauen hier auf Makateh, aber Sie schätzen mich falsch ein! Ich bin einfach ein Typ, der immer nur das Gute im Menschen sieht, dafür aber immer wieder eine hohe Strafe gezahlt hat.‹‹ ››Aha, also der naive Gutgläubige, der immer für die anderen den Kopf hinhalten muss?!‹‹ ››Ich sehe, Sie glauben mir nicht! Aber fragen Sie meine Cousine, sie wird Ihnen genau das bestätigen, was ich Ihnen erzählt habe!‹‹ ››Jetzt beruhigen Sie sich! Alles, was Sie mir erzählt haben, wusste ich vorher schon. Ich wollte es nur von Ihnen selbst hören, vieles klang so unglaubwürdig. Aber seien Sie sicher, ihre Version gefällt mir am besten!‹‹

Im Unterton von SurÈlem klingt ein wenig freundschaftliches Interesse durch. Also prüfte ich, ob mein Charme bei Frauen immer noch wirkt. Ihre ersten Reaktionen haben mich glauben gemacht, dass sie etwas für mich empfindet. Die Antwort von Ihr bestätigen mein Bauchgefühl, bringen mich aber sofort wieder auf den Boden der Tatsachen zurück.

››Mein lieber Bone, ich mag Sie sehr gut leiden, aber bilden Sie sich nicht ein, dass ich nicht jeden ihrer Gedanken durchschaue! Ich bin nicht nur eine der Besten was den Elektroniksektor anbelangt. Ich habe auch die Gabe, emotionale Schwingungen meines Gegenübers zu spüren. Folglich weiß ich, ob jemand mit mir ehrlich ist.

Bilden Sie sich nicht zu viel ein, weil ich Sie mag! Für mich ist es ein Leichtes mit Ihnen fertig zu werden, wenn Sie ein falsches Spiel mit mir betreiben! Also passen Sie gut auf, dass Sie sich nicht verkühlen. Bei mir weht ein raues Lüftchen!‹‹

Ihre Aussage macht mich sicher: „Diese Frau empfindet etwas für dich, aber wieso?“ Dieses Volk hat Teufelskerle wie Erk`Ma oder Aik`Makey, aber ihre Frauen suchen den relativ normalen Mann. Verkehrte Welt!, aber ich glaube, man sucht immer das etwas Andere, auch wenn es verrückt oder abnormal ist. Das ist wahrscheinlich die einzige Schwäche dieses Volkes. Das einzig Wirkliche, was die Schatten der Sterne suchen, ist Ruhe und Eintracht. Aber die wird es nie geben, das bleibt selbst für diese legendären Kämpfer ein Wunschtraum! Sie wollen für alle alles besser machen, aber selbst für dieses absolut wohlwollend denkende Volk ist es unmöglich, die primitiven, machtbesessenen Gedanken der Menschen oder auch der erhabenen Oberschicht im Natrillimperium zu beeinflussen.

DER NATRILLSTATUS

Cokek, der große imperiale Admiral und Befehlshaber aller Natrillwaffengattungen, lehnt sich in seinem Sessel zurück - Viele würden sagen, auf dem Thron eines Königs, aber er ist sich immer bewusst, er ist nur die rechte Hand seiner Gebieterin! Seit er den Bericht erhalten hat, dass sein Neffe Cecen bei einem Forschungsprojekt der Regierung als vermisst gilt, versucht er alles, um die Stelle im Milchstraßensystem zu lokalisieren, von wo von seinem Neffen das letzte Lebenszeichen gesendet wurde. Sein Schwager Concon ist und war für ihn immer ein arroganter Trottel. ›› Ich hoffe nur, er hat Cecen nicht in den Tod gehetzt!‹‹ Cokeks Gedanken werden durch die Meldung seines Flaggschiffkapitäns unterbrochen: ››Dieser Sektor, Exzellenz, ist von allem, was nicht unseren Funksignalen entspricht, gesäubert. Alles, was wir von Ihrem Neffen wissen ist, dass es von einem unbedeutenden System, 35.000 Lichtjahre vom Zentrum, den letzten Kontakt gab ‹‹, informiert ihn Zakok, seine rechte Hand. Er, Cokek, der große Admiral und Führer der Kriegsflotte der Natrill, kann nichts für seinen Neffen tun?? ››So eine Schmach kann ich nicht auf mir sitzen lassen, ich muss Cecen finden, koste es, was es wolle! Das bin ich meinem Bruder und seiner Familie schuldig, Zakok!‹‹

Einzig die Verpflichtungen dem Natrillvolk gegenüber verhindern eine eigenmächtige Suche nach seinem Neffen. Die Regierung würde niemals zulassen, dass er persönlich die Suche nach seinem Neffen durchführt, zu wichtig ist er für das Natrillvolk.

››Zakok, es hilf nur eines; wir müssen eine unangemeldete Suchexpedition starten, aber Ruhe bewahren! Rüste ein Beiboot aus und kommandiere Deine fünf besten Leute ab. Wir werden ganz unauffällig die Position anfliegen, von wo, das letzte Lebenszeichen von Cecen empfangen wurde. Das alles ist unter höchster Geheimhaltung zu behandeln, niemand im Imperium darf etwas von dieser Aktion erfahren, Zakok! Du bürgst mir mit Deinem Leben, also wähle deine Leute gut aus! Ich selbst werde mein Äußeres so verändern, dass ich für alle ein Offizier bin, der unter Dir dient. Es ist nicht leicht, unerkannt zu bleiben, aber es macht vieles einfacher!‹‹ ››Jawohl Exzellenz, ich werde alles Nötige in die Wege leiten, um Euer Wohlwollen zu erlangen!‹‹ ››Zakok, ab jetzt kein unterwürfiges Verhalten mehr mir gegenüber! Ab diesem Zeitpunkt bin ich ein Offizier unter Deinem Kommando!‹‹

Zakok weiß nicht, wie ihm geschieht, Großadmiral Cokek sein Diener? Der Admiral lässt sich auf so eine waghalsige Aktion ein? Sein Neffe muss für ihn alles bedeuten! In den letzten einundzwanzig Jahren, in denen Cokek der Oberbefehlshaber der Natrillkriegsflotte ist, hat er sich viele Feinde gemacht. Nicht nur bei den unterworfenen Völkern, nein auch beim politischen Führungsstab in der Natrillregierung. Durch seine militärischen Erfolge hat er im Königshaus, wo schlussendlich alle Entscheidungen gefällt werden, große Sympathien. Er ist bei Entscheidungen des Öfteren einigen der Politiker kräftig auf die Füße getreten, das haben einige nicht vergessen. Es gibt welche, die würden viel zahlen, um Cokek tot zu sehen.

»Wie soll ich Sie ansprechen Admiral?« »Als Leutnant Zekin, Captain Zakok.«

Zwei Stunden später in perfekter Maske zwanzig Jahre jünger aussehend: »Wann sind wir für den Abflug fertig Captain?« »Abflug in 20 Minuten, Leutnant Zekin, teilen Sie die abkommandierten Expeditionsmitglieder für ihre Aufgaben ein, aber ein bisschen flott, wenn ich bitten darf!«

Cokek über alles nachdenkend: „Zakok gefällt mir, so aufgedreht habe ich ihn noch nie gesehen! Er scheint das Kommando über mich richtig auszukosten. Gut, so schöpft keiner Verdacht. Wir müssen vorsichtig sein, meines Wissens wird dieser Teil des Weltraums von den mysteriösen Schatten der Sterne oder auch Schattenkriegern beansprucht. Wenn alles gut läuft, können wir in vier Tagen unsere Zielposition erreichen, dann haben wir fünfzehn Tage um eine Spur von Cecen zu finden. Danach muss ich auf meinen Posten zurück, sonst könnte es Probleme geben. Offiziell mache ich auf meiner Heimatwelt fünfundzwanzig Tage Urlaub. Meine politischen Gegner werden meine Abwesenheit sicher nutzen, um meine Autorität zu untergraben. Falls ich zurückkomme, werde ich einiges aufzuräumen haben. Was soll es, in meinem Leben habe ich schon ganz andere Schwierigkeiten gemeistert! Am besten, ich befreie meinen Geist und löse mich in den nächsten fünfundzwanzig Tagen komplett von meinen Pflichten. Mein Gefühl sagt mir, etwas Großes wird geschehen...“

››Leutnant Zekin, auf die Brücke kommen! Wir fliegen in das besagte System ein. Alle Mann in Alarmbereitschaft! Schiff in Gefechtsbereitschaft und Tarnmodus versetzen, weitere Befehle abwarten!‹‹

„Zakok nimmt seine Sache sehr ernst, vielleicht hätte ich ihn schon viel früher für einige meiner verdeckten Aktionen einsetzen sollen, er hätte mir sicher viel Arbeit abgenommen. Seit siebzehn Jahren steht er an meiner Seite, immer konnte ich mich auf ihn verlassen. Wenn diese Sache gut ausgeht werde ich meinen Rücktritt vorbereiten. Ich bin müde, ich denke viel zu viel über Sinn und Zweck verschiedener Regierungsgeschäfte einiger Politiker nach. In letzter Zeit bin ich mir nicht mehr sicher, ob es richtig war, so viele Völker in unsere Knechtschaft zu zwingen. Zakok kommt aus einer ganz normalen Arbeiterfamilie von unserer Hauptwelt Trillon. Oft habe ich aus einem Unterton vernommen, dass er nicht damit einverstanden ist, wie unsere Bürokraten mit den unterworfenen Völkern verfahren. Er findet es unwürdig, deren Stolz und Ehre zu brechen und sie wie Sklaven zu halten. Manchmal denke ich, Zakok verdient es, mein Nachfolger zu werden! Er hat seine Gegner immer ehrenvoll behandelt, ich glaube, er ist der Richtige!“ Die Gedanken des Admirals werden von Zakoks Befehlen unterbrochen.

››System scannen und nach Leben absuchen! Sofort Meldung an mich, wenn Scann positiv ausfällt! Wir fliegen den äußersten der vier Gasplaneten an und gehen in einen Orbit um seinen großen Mond. Erst wenn kompletter Status dieses Systems bekannt ist, fliegen wir die inneren Planeten an!‹‹

DIE KONFRONTATION ››Aik`, es nähert sich ein nicht identifiziertes Schiff aus dem Überraum! Es ist keines von den unseren, sonst wüsste ich das. Ich leite alle Vorsichtsmaßnahmen ein! Der Bautyp des Schiffs ist sehr ähnlich dem eines Angriffsbeiboots der Natrill! Muss ein neues Modell oder ein Prototyp sein.‹‹ ››Solange wir nicht wissen, um wen es sich handelt, verhalten wir uns ruhig. Ich möchte denen nicht ins offene Messer laufen.‹‹ ››Aik`, jetzt haben wir den Salat! Das Schiff ist von seiner Ortungsposition spurlos verschwunden! Es muss mit der neuen Tarntechnologie ausgestattet sein, von der uns unsere Informanten berichtet haben.‹‹ ››Letzten bestätigten Kurs des Schiffes eingeben, vermutliches Ziel berechnen!‹‹ ››Wenn sie ihren Kurs beibehalten, ist ein Orbit um Triton wahrscheinlich. Wenn das Natrill sind, suchen sie bestimmt ihr vermisstes Schiff. In spätestens 3 Stunden haben sie die Menschen entdeckt! Und wir können nichts dagegen tun, weil unsere Ortung sie verloren hat. Wenn sie ihren Tarnmodus nicht aufgeben, haben wir keine Chance sie zu finden!‹‹ ››Erk`, alle nur möglichen Funkfrequenzen in Richtung Natrillimperium überwachen! Wenn sie eine Nachricht absetzen, haben wir sie!‹‹ ››Unser Gegner ist sehr schlau! Seit nunmehr 5 Stunden ist er in diesem System und gibt keinen Mucks von sich. Die wissen sicher schon alles Wichtige über die hiesige Zivilisation. Mit wem haben wir es da real zu tun?‹‹

››Leutnant Zekin, bitte sofort in mein Quartier kommen! Es haben sich Erkenntnisse ergeben, die eine Lagebesprechung nötig machen.‹‹ ››Exzellenz, wir haben in diesem System ein primitives Volk entdeckt, dessen Technik mit der unseren vor 20.000 Jahren zu vergleichen ist. Aber immerhin haben sie innerhalb ihres Systems mehrere Himmelskörper erschlossen. Im Moment ist ihr äußerster Außenposten der Gasriese mit den vier großen Monden. Ich möchte Ihnen vorschlagen, unsere Position

Richtung Ringplanet zu verlegen. Von dort sind unsere Aufklärungssensoren in der Lage, eine beinahe lückenlose Analyse unserer Situation durchzuführen.‹‹ ››Sehr gut, "Vizeadmiral Zakok"! Sie dürfen den Titel natürlich erst nach unserer Rückkehr tragen. Fliegen Sie den besagten Punkt an, aber nur mit Schleichfahrt und im vollen Tarnmodus. Mein Gefühl sagt mir, die primitiven Einheimischen sind nicht die Einzigen, mit denen wir es zu tun bekommen. Und Hilfe von der imperialen Flotte will ich auf keinen Fall beanspruchen! Sie lassen unsere Mannschaft glauben, dass ich erkrankt bin und mein Quartier hüten muss, um sie nicht anzustecken. Sobald Sie den Ringplaneten erreicht haben, gehen Sie in einen engen Orbit und informieren mich! In der Zwischenzeit überlege ich die weiteren Schritte. Abtreten, Vizeadmiral Zakok!‹‹
››Vielen Dank, Exzellenz!‹‹

››Unser Geheimdienst im Natrillsektor hat Entwarnung gegeben, keine verdächtigen Flottenbewegungen, alles ganz normal. Großadmiral Cokek soll sogar einen mehrwöchigen Urlaub auf seiner Heimatwelt verbringen, den Ersten seit über fünfzehn Jahren! Aik`, findest Du das nicht verdächtig?‹‹ ››Cokek, dieser Cokek, man erzählt über ihn die verrücktesten Sachen! Wenn jemand von den Natrill für unser unbekanntes Schiff verantwortlich ist, dann er! Mein Großvater hatte vor einunddreißig Jahren einmal mit ihm zu tun, damals verloren wir unser letztes Schiff in einem Raumgefecht. Cokek ist damals gerade zum Captain befördert worden, als wir in einen Konflikt um einen eher unwichtigen Planeten hineingezogen wurden. Seine brillante Schiffsführung hat damals den Natrill den einzigen bestätigten Sieg gegen eines unserer Kampfschiffe beschert - und meinem Großvater das Leben gekostet! Aber anstatt ihn dafür zu hassen, bewundere ich ihn irgendwie. Die Kriege, die er im Auftrag seiner Regierung führte, kamen nie aus einem Hinterhalt, er hat seine Gegner immer ehrenvoll besiegt. Wenn ich darüber genauer nachdenke, kann nur er hinter dem geheimnisvollen Schiff stecken. Erk`, bitte unseren Geheimdienst noch einmal zu überprüfen, ob Cokek wirklich auf seiner Heimatwelt ist! Ich muss das wissen, sonst kann es eine böse Überraschung geben!‹‹

››Pilot schwenken Sie in einen Orbit um den Ringplaneten und setzen Sie unsere Analysesonden aus! Ich werde in der Zwischenzeit nach unserem Patienten sehen. Tarnmodus aufrechterhalten, bei Ortungen irgendwelcher Art sofort Meldung machen!‹‹

››Kommen Sie herein, Zakok. Haben wir unsere Position um den Ringplaneten erreicht?‹‹ ››Ja, Exzellenz, wir haben unser Ziel erreicht und sofort die Sonden ausgesetzt. Wenn Ihr Neffe in diesem System verschwunden ist, dann wissen wir es in spätestens 7 Stunden!‹‹ ››Sehr gut mein lieber Zakok, während unseres Fluges hierher ist mir einiges klar geworden. Mein aufgeblasener Schwager Concon hatte sicher die gleichen Informationen über das hiesige Volk gesammelt wie wir. Nur hat er in seiner überheblichen Art, jede Vorsicht außer Acht gelassen und diese Spezies komplett unterschätzt. Wenn ich ehrlich bin, viel Hoffnung, meinen Neffen lebend wiederzufinden, habe ich nicht.‹‹

Aus dem Bordlautsprecher kommt die Meldung des Piloten: ››Captain Zakok, wir haben erste Analysedaten der Sonden! Es sind zwar nur sehr schwache Signaturen, aber es ist eindeutig; hier muss es einen Kampf mit einem unserer Schiffe gegeben haben! Am stärksten kommen die Signaturen vom großen Mond des Planeten.‹‹ Das Gesicht des Großadmirals zeigt eine kurze Reaktion, nur einen Augenblick später: ››Zakok, bringen Sie das Schiff zu diesem Mond!‹‹

Auf Triton: ››Erk`, diese Stille, obwohl ein fremdes Schiff

im System ist! Es macht mich unruhig. Hoffentlich bekommen wir vom Geheimdienst bald Auskunft über Cokeks Aufenthaltsort!‹‹

Eine gute Stunde später kommt die beunruhigende Nachricht, "Aufenthaltsort des Admirals unbekannt"!

››Erk`, ich glaube, wir haben ein Problem, wenn der Admiral auf dem unbekannten Schiff ist. Dann haben wir einen Gegner, gegen den wir keinen Vorteil haben. Was ich nicht verstehe, ist, wieso sich der Admiral für ein für ihn unbedeutendes Schiff solche Mühe macht?‹‹

››Aik`, wir sollten Richtung Saturn starten! Wenn der Admiral wirklich so gut ist, wie Du sagst, dann weiß er sicher schon, was mit ihrem Schiff passiert ist. Wir müssen verhindern, dass Cokek die Menschen angreift!‹‹
››Erk`, ich glaube nicht, dass der Admiral vorhat, die Menschen anzugreifen - sonst wäre er sicher gleich mit einer Invasionsflotte aufgekreuzt! Nein, er muss einen anderen Grund haben; vorausgesetzt, es ist wirklich der Admiral. Wenn wir recht haben, hält er sich im Moment in der Nähe des Titan auf. Wir müssen versuchen mit ihm in Kontakt zu treten und hoffen, dass er nicht seine Flotte informiert!‹‹

››Leutnant Zekin, geht es Ihnen wieder besser? Dann können Sie ja den Anflug in den Orbit um den Mond übernehmen, damit Sie nicht ganz aus der Übung kommen!‹‹
Alle außer Zakok lachen, selbst der Admiral muss sich innerlich ein leichtes Lächeln verkneifen. Also, dieser Zakok spielt seine Rolle so gut, selbst er könnte sie nicht besser spielen. ››Captain, Schiff soeben in den Orbit um den Mond eingetreten!‹‹ ››Gut gemacht, Leutnant!‹‹
Ein erregter Natrillkrieger am Langstreckenscanner meldet die Ortung eines unbekannten Schiffes, das den großen Mond des vierten Gasplaneten verlassen hat. Sofort

meint Leutnant Zekin: ››Das kann kein Schiff dieser Spezies sein, die dieses System bewohnen! Captain Zakok, ich versetze das Schiff in höchste Alarmbereitschaft!‹‹ ››Sehen wir uns an, was sie vorhaben. Alle Waffen scharfmachen, aber nicht schießen!‹‹ kommen die Worte des Captains, ganz im Sinne des Admirals.

››Aik`, wir haben den Orbit um Titan erreicht, ich versuche Kontakt zu den Natrill aufnehmen?‹‹ ››Mach das! Der Admiral lässt nicht auf Wehrlose schießen. Ich hoffe nur, dass er wirklich auch an Bord ist, sonst hat unser letztes Stündchen geschlagen!‹‹ ››Hier spricht Erk`Ma vom Volk "Schatten der Sterne" ! Wir fordern das unbekannte Schiff auf, sich zu erkennen zu geben! Sie sind in fremdes Hoheitsgebiet eingedrungen, nehmen Sie mit uns Kontakt auf, oder verlassen Sie dieses System umgehend!‹‹ Aik` weiß, wenn der Admiral ihnen nicht wohlgesonnen ist, verstreicht jetzt die letzte Minute ihres Lebens.

››Habe ich es mir doch gedacht!‹‹, sagt der Admiral laut denkend. ››Ein Schattenschiff! Captain Zakok, sollen wir uns zu erkennen geben oder sie vernichten?‹‹ Der Admiral wartet gespannt auf die Antwort seines Captains. Unter den fünf restlichen Besatzungsmitgliedern breitet sich Unruhe aus. Was macht der Captain? ››Hat der Gegner die Waffensysteme hochgefahren?‹‹ ››Waffensysteme nicht aktiviert!‹‹, kommt die Antwort vom Waffenkontrolloffizier. ››Tarnmodus deaktivieren und einen Funkkanal öffnen!‹‹

Der Admiral staunt nicht schlecht über die Entschlossenheit und Sicherheit, mit der sein erster Mann handelt! „Wird sich wohl einiges von mir abgeschaut haben!“, denkt er zufrieden.

››Hier spricht Kommandant Zakok, Captain des Natrillrettungsschiffes Blauer Stern! Wir sind in diesen Sektor vorgedrungen, da wir seit mehreren Monaten ein Forschungsschiff in diesem Quadranten vermissen. Wenn Sie über dessen Verbleib Informationen haben, bitten wir Sie, uns diese mitzuteilen!« »Mein Name ist Aik`Makey - vielleicht sagt Ihnen mein Name etwas. Ich kann Ihnen zum Verlust ihres Forschungsschiffes nur sagen, dass der Kommandant unehrenhaft gehandelt hat, indem er ein Menschenschiff angriff und dadurch den Tod seiner Besatzung verschuldet hat.« »Sind Sie nicht albern! Das einheimische Volk dieses Systems wäre niemals in der Lage ein Schiff vom Natrillimperium zu zerstören! Also sagen Sie die Wahrheit! Eines ihrer Schattenschiffe war im Spiel, geben Sie es zu! Sie können mich nicht für dumm verkaufen, Makey!«

Aik` muss einsehen, dieser Natrill ist nicht auf den Kopf gefallen! Nebenbei sind er und Erk` in einer ausgesprochen schlechten Situation. Das Natrillschiff steht mit geladenen Waffenbänken schussbereit gegenüber! Sollten sie versuchen ihr Schiff in Kampfbereitschaft zu versetzen, ist es der sichere Tod für sie. Aus seinen Gedanken, was er tun könnte, um seine Situation zu verbessern, wird Aik` durch eine durchdringende Stimme herausgerissen:

»Aik`Makey, so, so, Aik`Makey! Sie haben ganz schön die Hose vor mir heruntergelassen! Ihr Großvater ist in einer sehr ähnlichen Situation wie der heutigen, in einem ehrenvollen Kampf gegen mich gefallen. Auch Ihr Großvater hat, wie Sie vielleicht heute, einem Volk beigestanden, dessen Wertschätzung er nie hatte!«

Ich wusste es! Admiral Cokek ist an Bord dieses Schiffes und er weiß, wer ich bin! »Admiral Cokek, bringen Sie mir bitte Vertrauen entgegen und kommen Sie zu einer Lagebesprechung auf unser Schiff! Sie wissen ja, meine Hosen sind unten und Ihr erster Mann ist auch nicht von

Pappe!‹‹ ››Sie gefallen mir, Makey! Ich nehme Ihre Einladung an und ich hoffe, Sie haben eine Flasche von dem edlen Wein ihrer Heimat an Bord! In zehn Zeiteinheiten bin ich bei Ihnen.‹‹

Pünktlich auf die Sekunde dockt die Fähre an der Luftschleuse an. Niemand, außer dem Admiral, steigt aus der Fähre, er muss wohl selbst geflogen sein. Erk` und Aik` begrüßen Admiral Cokek und führen ihn in die Messe ihres Schiffes. Gekleidet in die Uniform eines Flottenleutnant tritt diese Persönlichkeit, die nur wenige je wirklich gesehen haben, in die Messe! Er setzt sich an den für ihn gedeckten Tisch.

››Ich danke Ihnen beiden für die Einladung! Es ist mir eine Ehre, gleich zwei von den sagenumwobenen Schattenkriegern gegenüberzusitzen! In meinem langen Leben habe ich viel gesehen und erfahren, aber selbst ich kenne Ihr Volk nur aus Berichten und Mythen. Sagen Sie, existiert Makateh, Ihre sagenumwobener Heimatplanet, wirklich oder ist er nur ein Mythos?‹‹ ››Herr Admiral, der Wein, den Sie trinken, wächst in den Gärten des Hohen Rates. Makateh ist eine Welt, auf der wir alle schönen Dinge, die es in unseren Augen wert sind, zusammengetragen haben. Auf Makateh gibt es selbst Dinge, die von ihrem Heimatplaneten stammen! Auch lebt eine kleine Kolonie Natrill bei uns, neben vierundfünfzig anderen Kolonien der intelligenten Völker im bekannten Universum. Auf den von uns besiedelten Welten wohnen über fünfzig Millionen Individuen der verschiedenen Spezies friedlich miteinander und nebeneinander mit uns. Der Rat versucht, Zivilisationen vor der Versklavung durch andere, wie zum Beispiel durch Ihr Volk, zu schützen. Das Volk in diesem System ist das jüngste, bei dem der Rat beschlossen hat, es zu schützen. Es ist ein sehr kriegerisches Volk mit niederen Werten und einer fast nicht vorhandenen Hemmschwelle zu töten. Dieses Volk ist genetisch zwar mit uns verwandt, darf aber auf keinen Fall unsere oder auch die Technik der Natrill in seine Hände bekommen! Menschen sind wie gefährliche Raubtiere, auch wenn sie humanoide Verwandte unserer Rasse sind. Im Besitz moderner Waffen sind Menschen eine Gefahr für alle Völker in der Galaxis!‹‹ ››Warum sorgt Ihr dann nicht vor und macht sie unschädlich, bevor sie eine Gefahr für alle werden?!‹‹ ››Weil unsere Spezies in der Frühzeit unserer technischen Entwicklung gleichgeartet war! Admiral Cokek, eine für mich sehr wichtige Frage habe ich an Sie; weshalb sind Sie so sehr an dem vernichteten Natrill - Forschungsschiff interessiert?‹‹ ››Die Verwandtschaft ist die Antwort! Der Mann meiner Schwester, Patriarch Concon, ist der Eigner des zerstörten Schiffes. Mein Neffe Cecen, um den es mir hauptsächlich geht, war auf seinem Schiff technischer Offizier und Pilot. Es ist für mich sehr schmerzlich, weil er der einzige Verwandte ist, von dem ich etwas halte. Er ist mir schon in seiner Jugend ans Herz gewachsen! Er war ein kleiner Tausendsassa, der so viele Fragen stellte, dass selbst ich manchmal passen musste.‹‹ ››Cecen also ist der Grund?‹‹ ››Wie meinen Sie das, Makey? Haben Sie Cecen gekannt?‹‹ ››So ähnlich Admiral, aber noch viel besser! Ich kenne ihn ziemlich gut!‹‹ ››Erzählen Sie bitte, Makey! Ich will alles wissen!‹‹ ››Mein Freund Erk` wird Ihnen die Geschichte in groben Zügen erzählen, Admiral.‹‹

Während Erk` dem Admiral alles erzählt, von Cecens Lebensschuld bei Ursa und alles andere, was uns wichtig erscheint, beruhige ich Zakok, weil der Admiral seiner Ansicht nach schon viel zu lange auf unserem Schiff ist. Zu guter Letzt informiere ich den Admiral über den Aufenthalt seines Neffen. Er schaut mich ganz ungläubig an und fragt mich, ob ich ein Ehrenmann sei und ihm keine Lügen erzähle, nur um unsere Haut zu retten?

»Admiral Cokek, Sie können mir vertrauen! In drei Monaten ist die Ausbildung ihres Neffen abgeschlossen, dann werde ich ein Treffen mit Cecen und Ihnen, an gleicher Stelle wie heute, organisieren. Sagen wir, gleiche Uhrzeit in hundert Tagen Erdzeit der Menschen! Noch eines: Bitte halten Sie die Position dieses Sonnensystems vor ihrem Imperium geheim!« »Sie können sich darauf verlassen, ich bin in hundert Tagen wieder hier! Wenn alles so ist, wie Sie sagen, wird nie jemand von mir die Position dieses Systems erfahren. Sollten Sie mich aber belogen haben, werde ich diese gefährliche Rasse unterdrücken, damit Sie sehen, dass man mit mir kein falsches Spiel treiben kann. Jedoch, wenn alles passt, überlasse ich die Obhut der Menschen Ihnen und ihrer Verantwortung! Sie haben das Wort eines Ehrenmannes Makey!« »Ich weiß, Admiral.«

Nach weiteren 3 Stunden Unterhaltung mit uns und einer Flasche vom Guten aus dem Weinkeller vom Hohen Rat verabschiedet sich der Admiral und kehrt auf sein Schiff zurück. Wenig später taucht das Natrillschiff in den Tiefen des Raums ein. »Ein Glück, dass der Admiral so ein besonnener Charakter ist ‚Aik'! Sonst wäre das Problem Erde mit seinen Menschen erledigt für uns!«

MACHTKAMPF

Auf der Erde geht im Moment alles Drunter und Drüber! Der wirtschaftliche Machtkampf zwischen den politischen Machtblöcken stärkt das Konsortium der Mars-Trading- Company. Die Machthaber in den verschiedenen Wirtschaftsstaaten sind so mit dem Kampf auf politischer Ebene beschäftigt, dass es ihnen entgeht, dass das Konsortium eine angeschlagene Firma nach der anderen aufkauft und sie umstrukturiert. In Wirklichkeit haben schon lange die Leute in der Führungsebene des Konsortiums die Macht auf der Erde übernommen. Nur noch wenige Regierungen auf dem Planeten sind noch nicht von diesen Leuten abhängig. Meistens handelt es sich dabei um Kleinstaaten, die keinen Einfluss auf die Weltwirtschaft haben, also von keiner großen Bedeutung für die insgeheimen Machthaber sind. Die Mars-Trading-Company rüstet ihre Flotte mit modernster Waffentechnik auf, sodass man glauben könnte, sie ziehen gegen die Erde in den Krieg. Natürlich bleiben den großen Machtblöcken die Rüstungsbemühungen der Company nicht verborgen. Mit aller Gewalt wollen sie nachrüsten, übersehen aber, dass ein großer Teil der Waffen, die sie kaufen, aus den Rüstungsbetrieben der Company geliefert werden. Das Konsortium manipuliert in Wirklichkeit die politischen Machthaber auf einen globalen Wirtschaftskrieg hin. Wenn es so weit kommen sollte, gewinnt am Ende nur einer, die Mars-Trading-Company.

››Mister Grant, Sie werden im Sitzungssaal erwartet! Die Aufsichtsräte im Konsortium haben bei ihrer monatlichen Sitzung einiges mit Ihnen zu besprechen.‹‹ ››Die werden mir wohl nicht den Kopf abreißen?!‹‹ ››Sind Sie sich da nicht so sicher, Grant!‹‹

››Mister Grant, kommen Sie herein und treten Sie zum Sprecherpult vor, wir haben einiges mit Ihnen zu besprechen, teilweise Unerfreuliches! Mit den Ergebnissen auf Titan sind wir alles andere als zufrieden! Sollte Ihnen noch so ein Fehlschlag unterlaufen, kostet Sie das den Kopf. Das sind keine leeren Versprechungen, Grant! Erzählen Sie uns, wie die militärische Absicherung der einzelnen Machtblöcke hinter der Marsbahn aussieht. Vergessen Sie nichts, wir brauchen alle Informationen die Sie uns geben können!‹‹ ››Meine Damen, meine Herren, verehrte Anwesende! Die USA unterhalten hinter der Marsbahn insgesamt vier Flottenstützpunkte, den größten auf Ceres unter Admiral Watson. Dann sind da noch

Basen auf dem Asteroiden Pallas und auf den Jupitermonden Io und Ganymed. Der europäische Machtblock hat drei Flottenstützpunkte, einen auf Asteroid Vesta, einen auf Jupitermond Europa und einen auf Marsmond Phobos. Beim asiatischen Machtblock sind es ebenfalls drei Flottenstützpunkte, einen auf Asteroid Davida, einen auf Jupitermond Kallisto und einen auf Marsmond Deimos. Bei den Flottenverbänden der Machtblöcke sieht es wie folgt aus: Die Raumflotte der USA verfügt über drei Trägerschiffe mit je 95 Raumjägern und 33 Fregatten und Zerstörer. Bei den Europäern sind es 2 kleinere Trägerschiffe mit je 50 Raumjägern und 20-23 Fregatten und Zerstörern. Die Asiaten besitzen keine Trägerschiffe, haben aber ungefähr 150 Langstreckenraumjäger und 17 Fregatten und Zerstörer. Diese Raumjäger können theoretisch jeden Punkt zwischen Merkur und Saturn erreichen. Brauchen Sie noch andere Informationen von mir?«
»Im Moment nicht, Mister Grant ! Arbeiten Sie einen Plan aus, der es möglich macht, die Flottenstützpunkte auf Phobos und Deimos, die vor unserer Haustür liegen, unschädlich zu machen. Wir erwarten Sie in 48 Stunden mit einem durchführbaren Plan. Machen Sie sich an die Arbeit und enttäuschen Sie uns nicht noch einmal!«

PLAN DES TEUFELS

»Leutnant Grant, Sie haben eine Nachricht auf Ihrem Tisch! Sie sollen diese Nummer zurückrufen!«,berichtet die Bürohilfe von Grant.
»Danke Gerda, ich möchte die nächste Stunde nicht gestört werden!«

Habe ich es mir doch gedacht, der Aufsichtsrat der Company wird schon ungeduldig. Sie wollen mich heute um 20 Uhr in ihrem Büro in Nassau auf den Bahamas sehen und lassen mich mit ihrem Firmenjet dorthin bringen, feiner Service. Bin gespannt, ob ihnen mein Plan gefällt! Aber wie ich diese Leute kenne, schrecken die sowieso vor nichts zurück. Umso besser, dann kann ich meine privaten Ziele auch ideal in meine Planung einbauen.

››Mister Grant, der Aufsichtsrat ist noch in einer Sitzung, es kann noch eine Weile dauern. Bitte setzen Sie sich in der Zwischenzeit, ich rufe Sie sofort, sobald die Herrschaften nach Ihnen verlangen.‹‹ Grant in seinen Gedanken: "Es wird noch der Tag kommen, an dem nicht ich warten muss, sondern andere gewisse Personen!"

Über eine Stunde später: ››Mister Grant, Sie können jetzt eintreten, man erwartet Sie.‹‹ ››Grant, nicht so schüchtern, treten Sie vor! Ich hoffe, Sie haben eine machbare Lösung für unser Problem auf den Marsmonden!‹‹

Nur die Elite des Aufsichtsrats ist gekommen, von den 7 Führungsmitgliedern der Company sind nur der Präsident und sein Stellvertreterin anwesend. Sieht so aus, als soll es wenige Mitwisser geben.

››Verehrte Mitglieder des Aufsichtsrates! Ich habe mir viele Gedanken über Ihre Pläne und Vorhaben bezüglich der Militärbasen auf den Marsmonden gemacht. Es gibt zwei Möglichkeiten: erstens ein massiver Erstschlag mit unserer Raumflotte, oder aber, was ich besser finde, die beiden Parteien auf den Monden gegeneinander auszuspielen. Ich habe für beide Varianten einen Plan ausgearbeitet. Es liegt nun an Ihnen zu entscheiden, wie wir vorgehen. Sagen Sie mir, welche Variante Sie bevorzugen und ich werde Sie über die Vorgehensweise, die ich ausgearbeitet habe, unterrichten.‹‹

Nach kurzer Beratung: ››Mister Grant, uns gefällt Ihr zweiter Vorschlag natürlich besser! So können wir im Hintergrund bleiben und die Folgen der Ereignisse abwarten. Wenn nötig, können wir dann auf alles reagieren. Schildern Sie uns Ihren Plan, dann werden wir entscheiden, wie wir vorgehen.‹‹ ››Anwesende! Für die Durchführung meines Planes brauche ich von Ihnen alle militärischen Vollmachten! Das ist die Grundvoraussetzung, um meinen Plan effektiv durchzuführen. Ich erkläre Ihnen alles im Großen und Ganzen, die Einzelheiten über die Durchführung behalte ich für mich. So können Sie selbst einen Gehirnscann mit modernster Technik bestehen. Niemand kann Ihnen dadurch eine Beteiligung an den kommenden Ereignissen nachweisen! Zunächst werden zwei meiner Leute auf dem asiatischen Flottenstützpunkt, dem Jupitermond Kallisto, soweit informiert, dass wir unsere Aktion durchführen können. Sie werden zu gegebener Zeit zwei der dort stationierten Langstreckenraumjäger entführen und den Stützpunkt der Europäer auf Marsmond Phobos angreifen. Im Vorfeld werden Agenten von uns Anschläge auf Asiaten und Europäer unternehmen, damit eine aufgeheizte Stimmung herrscht. Das macht es uns dann leicht, den Eindruck zu hinterlassen, dass der Angriff mit den gestohlenen Jägern von den Asiaten geplant war. Dadurch, dass keiner der beiden Kontrahenten auf so etwas vorbereitet ist, werden sie sofort zurückschlagen und sich gegenseitig vernichten. Wir müssen nur den Zeitpunkt des Angriffs so wählen, dass die beiden Monde ihre größte Annäherung haben, nur so ist der größtmögliche Erfolg gewährleistet! Wie wir dann weiter vorgehen, müssen wir den daraus entstandenen Gegebenheiten anpassen. Was halten Sie von meinem Plan, verehrte Mitglieder des Aufsichtsrates?‹‹ ››Mister Grant, das klingt alles recht gut! Wir werden über Ihren Plan beraten und entscheiden. Kommen Sie morgen um dieselbe Zeit, dann werden wir Ihnen unseren Entschluss mitteilen. Machen Sie es sich in der Zwischenzeit in einem unserer Hotels gemütlich, Sie sind unser Gast! Unternehmen Sie, wozu Sie Lust haben - auf unsere Kosten natürlich!‹‹

So wie es aussieht, habe ich gute Chancen meinen Plan

durchzusetzen! Das Konsortium braucht Leute wie mich, die für sie die Dreckarbeit machen. Ich werde alles jetzt schon in die Wege leiten. Wenn die ihre Ziele erreichen wollen, bleibt ihnen gar nichts anders übrig, als meinen Plan zu akzeptieren!

Tags drauf:››Mister Grant, Sie sollen gleich in den Sitzungsraum kommen, man erwartet Sie bereits!‹‹ ››Danke!‹‹ ››Guten Abend, Grant, ich hoffe, Sie haben einen schönen Tag bei uns verbracht!? Nun zu ihrem Plan, unsere Anliegen zu bereinigen: Wir haben nach reichlicher Überlegung ihren Ausführungen zugestimmt und geben Ihnen hiermit den Auftrag zur Durchführung des Plans bezüglich der Basen auf Phobos und Deimos. Gleichzeitig haben wir uns entschlossen, Ihnen die uneingeschränkte Befehlsgewalt über unsere Militäreinheiten zu übertragen! Das heißt aber nicht, dass Sie den gesamten Militärapparat alleine und auf einmal befehligen können! Bei wichtigen grundlegenden Entscheidungen ist immer noch dieses Gremium zu konsultieren, vergessen Sie das niemals! Haben Sie noch irgendwelche Fragen, ansonsten machen Sie sich an Ihre Arbeit.‹‹ ››Danke für Ihr Vertrauen! Sie werden es nicht bereuen mich für diesen Job ausgesucht zu haben. In drei bis vier Wochen wird Ihr Problem gelöst sein.‹‹

Auf Kallisto, dem äußersten der galileischen Monde Jupiters mit einem Durchmesser von 4821 Kilometern, hat der asiatische Machtblock seinen äußersten Außenposten im Sonnensystem. Es sind mehrere Bergwerke sowie ein Flottenstützpunkt auf diesem menschlichen Posten aufgebaut worden. Um die Interessen der asiatischen Gemeinschaft zu schützen, sind auf Kallisto 5 Zerstörer und 45 Langstreckenraumjäger stationiert. Die Brüder Jong und Jeng Mei verrichten seit über zwei Jahren ihren Dienst als Kampfpiloten auf dieser Basis. Seit gut einem Jahr stehen sie auch auf der Gehaltsliste der Mars-

Trading- Company.

››Jeng, wir haben eine mehrfach codierte Nachricht erhalten. Soll ich sie abspielen?‹‹ ››Spiel sie ab, es ist sicher sehr wichtig, wenn die Sicherheitscodes so hoch verschlüsselt sind!‹‹

Beim Abspielen der Nachricht stellte sich ihnen eine noch für sie beide unbekannte Person vor: ››Ich, Commander Grant, bin Ihr neuer Vorgesetzter! Sie haben alle meine Befehle zu befolgen! Sie werden in den nächsten 24 Stunden zwei der Raumjäger voll bewaffnen und ihre Basis auf Kallisto in Richtung Mars verlassen! Wie Sie das anstellen, bleibt Ihnen selber überlassen. Bereiten Sie alles für diese Aktion vor, jedes Mittel ist recht! Genaue Befehle erhalten Sie, kurz bevor Sie den Marsorbit erreichen, Ende!‹‹

››Jong, ich glaube, mit unserem Job bei der Company haben wir uns auf ein Himmelfahrtskommando eingelassen! Jetzt können wir keinen Rückzieher mehr machen. Aussteiger haben bei der Company eine sehr niedere Lebenserwartung.‹‹ ››Jeng, bereite einen falschen Übungsbefehl vor, er muss einer oberflächlichen Überprüfung standhalten! Ich arrangiere inzwischen unsere Abreise. Ich glaube kaum, dass wir diesen Stützpunkt noch einmal wiedersehen.‹‹

››Leutnant Ling, das ist ein Befehl! Lassen Sie zwei der Raumjäger voll bewaffnen, auch mit je zwei Nukleartorpedos. Dies alles ist ein Übung, um die Bereitschaft des Wartungspersonals zu überprüfen! Haben Sie alles verstanden Leutnant?‹‹ ››Ist diese Übung von oben genehmigt, Major Mei? ‹‹ ››Fragen Sie nur nach! Es wird sich aber nicht gut in Ihrer Akte machen, wenn Sie mit Ihrer Mannschaft die vorgegebenen Bewaffnungszeiten nicht einhalten können, Leutnant Ling!‹‹

Ling ist so eingeschüchtert, dass er gar nicht über die Konsequenzen seiner Handlungen nachdenkt und sofort den gekauften Befehlcode für die Atomwaffenfreigabe eingibt. Die Codedaten für die Atomwaffen hat die Company von einem General, der als Agent für sie arbeitet, erhalten. In dem Moment, in dem die beiden Brüder ihre Jäger besteigen, geht der Sicherheitsalarm los! Erst jetzt wird Ling bewusst, welchen Fehler er gemacht hat, als er die beiden Jäger bewaffnen ließ. Verzweifelt ruft er mehrere Befehle über Funk: »Schnell, Hangartore wieder schließen! Die beiden Majors Jeng und Jong Mei versuchen einen nicht genehmigten Start zu einer Waffenübung! Höchste Alarmstufe, beide Jäger sind nuklear bewaffnet!!« Jetzt schaltete sich auch der Oberkommandierende ein: »An die Besatzungen der Wachschiffe; beide Jäger von den Majors Jeng und Jong Mei zerstören! Das ist ein Befehl, General Chen!«

Beim Alarmstart zerstören die beiden Brüder mit ihren Bordwaffen die sich schließenden Hangartore. Nur mit viel Glück gelingt es ihnen, ihre Maschinen durch die freigeschossenen Öffnungen zu manövrieren und in den Raum zu entwischen! »Jeng, hast Du alles mitbekommen? Die knallen uns gnadenlos ab, wenn sie eine Chance bekommen, jetzt heißt es die oder wir!« »Jong, in 5 Minuten stoßen wir auf die Wachschiffe, da hilft uns nur ein konsequenter Angriff!«

»Captain, die gestohlenen Jäger nähern sich uns, was sollen wir tun?« »Waffen auf Jäger ausrichten und feuern!« Der Waffenoffizier des Zerstörers hat nicht mehr die Zeit seine Waffen abzufeuern. Nur Bruchteile von Sekunden nach dem Befehl seines Captains geht das Schiff in einem atomaren Feuerball auf. Keines der anderen Wachschiffe kommt in Schussweite, um die beiden Brüder zu gefährden. Im Ortungsschatten von Jupiter setzen sie sich ab. Nicht einer der Überwachungssatelliten ist zu diesem Zeitpunkt in einer Position, die eine Berechnung des Kurses der beiden Jäger möglich macht. Die Brüder versetzen sich für die zwei Wochen, die sie zum Mars unterwegs sind, in einen künstlichen Tiefschlaf, um die Zeit bis zu ihrem Einsatz zu überbrücken.

Auf allen Stützpunkten des asiatischen Machtblocks herrscht höchste Alarmbereitschaft! General Chen hat aber ausdrücklich untersagt, die USA und den Europäischen Machtblock zu informieren - man will ja nicht das Gesicht verlieren! Solch egoistische und eigennützige Einstellungen sind genau die Dinge, die alles den Interessen der Mars-Trading-Company zuspielt.

››An Admiral Watson! Sir, unser Nachrichtendienst meldet eine massive Explosion in der Nähe des Jupitermondes Kallisto. Sollen wir einen Aufklärungsflug unternehmen und uns die Sache genauer ansehen?‹‹ ››Das ist eine gute Idee, Commander! Veranlassen Sie alles Nötige und versetzen Sie alle Stützpunkte in gelben Alarm. Seien Sie aber mit unserer Aufklärungsmission vorsichtig, wir wollen unsere asiatischen Nachbarn nicht verärgern. Hoffen wir, dass es nur ein Unfall war und alles keine große Bedeutung hat!‹‹ ››Ich werde Ihre Befehle weitergeben, Sir.‹‹

Auch auf den Stützpunkten des europäischen Machtblockes herrscht Verwirrung. Keiner hat eine wirkliche Erklärung, was in der Nähe Kallistos passiert ist. Aus Sicherheitsgründen wird auch bei den Europäern Alarm 1. Grades ausgelöst.

››Jong, es öffnet sich ein verschlüsselter Kanal auf unserer Geheimfrequenz!‹‹ ››Sei vorsichtig, Jeng! Antworte nur, wenn die Nachricht vom Mars kommt!‹‹

››Grant an Enterkommando! Sie werden mit allen Ihnen zur Verfügung stehenden Waffen die europäische Flottenbasis auf Phobos an dem übermittelten Zeitpunkt angreifen und zerstören, das ist ein Befehl!! Sobald Sie alle Ihre Waffen verschossen haben, setzen Sie sich in Richtung Asteroid Psyche ab. Dort besitzen wir einen geheimen Stützpunkt. Aus Sicherheitsgründen antworten Sie nur, wenn Ihnen etwas unklar ist.‹‹

››Da haben wir ja einiges vor uns, Jong!‹‹ ››Ja, jetzt wissen wir wenigstens, worauf wir uns da eingelassen haben! Der einzige Platz, wo wir nach dieser Aktion noch halbwegs sicher sind, sind Einrichtungen der Mars-Trading-Company. An keinem anderen Ort in diesem Sonnensystem können wir uns nachher noch sehen lassen!‹‹ ››Ist mir alles egal! Die Bezahlung durch die Company ist sehr gut und ihre Einrichtungen haben jeden Luxus, den man sich vorstellen kann. Aber jetzt volle Konzentration, wir kommen in 20 Minuten in unsere Angriffsposition, Waffen scharfmachen!‹‹

››Wachoffizier an General Godin! Sir, es nähern sich zwei noch nicht identifizierte, etwa 25 Meter lange Schiffe unserem Stützpunkt. Sollen wir Abfangmaßnahmen einleiten?‹‹ ››Veranlassen Sie alles Erforderliche, um nötigenfalls die beiden Schiffe zu zerstören!‹‹ ››General, die Schiffe haben mehrere Lenkwaffen auf uns abgefeuert!! Abwehrmaßnahmen eingeleitet, voraussichtlicher Einschlag der Waffen in 40 Sekunden! Sir, wie mir mein Überwachungsoffizier mitteilt, handelt es sich bei den Angreifern um zwei asiatische Langstreckenjäger.‹‹ ››General Godin an alle Stationen! Abwehr- und Angriffswaffen scharfmachen und feuern, das ist ein Befehl!! Als Ziele die beiden Jäger und die Flottenbasis der Asiaten auf Deimos in den Zielcomputer eingeben.‹‹

Die kurze Vorwarnzeit reicht nicht aus, um alle Lenkwaffen, die auf den europäischen Stützpunkt abgefeuert wurden, vor dem Einschlag zu zerstören. Zwei der nuklearen Geschosse kommen durch. Das atomare Inferno ist verheerend, alle Bauten der Basis an der Oberfläche von Phobos werden komplett zerstört! Selbst ein großer Teil der unterirdisch angelegten Sektionen des Stützpunktes werden durch die starken Erschütterungen beschädigt. Die künstliche Atmosphäre entweicht großteils in den Raum. Nur wenige, die das Glück haben, dass ihr Abschnitt der Anlage dicht bleibt, überleben. Auf Deimos, wo sich der asiatische Flottenstützpunkt befunden hatte, sieht die Lage noch viel schlimmer aus. Dort hatte keiner überlebt! Den Europäern war es nur Sekunden, bevor bei ihnen die Atomwaffen einschlugen, gelungen, ihre Angriffswaffen in Richtung Deimos zu starten. Die beiden Monde hatten zur Zeit des Angriffs der Europäer ihre größte Annäherung, unter 15.000 Kilometer Abstand. Die Vorwarnzeit für die Asiaten war zu kurz um wirksame Abwehrmaßnahmen einzuleiten, keiner von ihnen rechnete mit einem Angriff des europäischen Machtblockes. Über 90 % der in Richtung Deimos abgefeuerten Waffen trafen ihr Ziel.

»Diese Schweine! Das haben sie nun davon, von denen hat sicher keiner unseren Angriff überlebt! Wie sieht es aus? Haben wir diese hinterhältigen, gemeinen Drecksäcke aus dem Raum geblasen?« »Nein Sir, es ist ihnen gelungen, im letzten Augenblick abzudrehen und in den Raum Richtung Asteroidengürtel zu entkommen!« »Leutnant informieren Sie den Generalstab über unsere Lage und geben Sie denen einen genauen Bericht über den Angriffshergang! Etwas stimmt hier nicht! Kein vernünftiger Befehlshaber würde solche Fehler machen und uns angreifen und gleichzeitig seinen Stützpunkt praktisch ungeschützt präsentieren. Etwas an der Sache ist faul, das müssen wir herausfinden!«

Auf der Erde haben sämtliche Staaten, die irgendeinem der Machtblöcke angehören, ihr Militär in den Kriegszustand versetzt.

›› Jeng , wir erreichen Psyche in 30 Minuten. Mich wundert, wieso noch niemand Kontakt mit uns aufgenommen hat.‹‹ ››Die halten sicher nur strickte Funkstille, damit sie nicht entdeckt werden! Sobald wir im Orbit um Psyche sind, werden sie uns sicher mit niederer Funkleistung kontaktieren.... ..Raketenalarm!!... Die Schweine wollen uns abschießen!‹‹

Die Brüder haben keine Chance mehr, auf den hinterhältigen Angriff zu reagieren, beide Schiffe verglühen in einen Feuerball! Grant hat dafür gesorgt, dass die Company keine Zeugen zu fürchten braucht.

Im UNO-Hauptquartier in New York, zerfetzen sich der asiatische und europäische Machtblock mit Vorwürfen, wer die Schuld an der Tragödie hat. Der Vermittlungsführer USA hat alle Hände voll zu tun, damit sich die Delegierten im UNO-Aufsichtsrat nicht an die Gurgel gehen. Die Europäer bezichtigen die Asiaten als Verbrecher, weil ihre Sicherheitsstandards so niedrig sind, dass sich Unbefugte Nuklearwaffen aneignen können. Einer der Delegierten fordert sogar, dass die Verantwortlichen, die diesen Nuklearwaffendiebstahl vertuschten, vor ein internationales Militärgericht gestellt werden sollen! Im Gegenzug fordert der asiatische Machtblock Reparationszahlungen für den Verlust der Flottenbasis auf dem Marsmond Deimos.

››Es kann doch nicht sein, dass ein übereifriger Kommandant eigenmächtig einen Flottenstützpunkt mit Atomwaffen vernichtet!‹‹, bemerkt einer der anwesenden Delegierten. Des weiteren, heißt es, müsse es ihm doch klar gewesen sein, dass dies kein gezielter Militärschlag der asiatischen Allianz gewesen sein kann.

So und so ähnlich geht es tagelang hin und her, ohne dass

sich die militärische Lage zwischen den beiden Kontrahenten entschärft hätte.

In der Zwischenzeit ziehen die Manager in der Führungsetage der Mars-Trading-Company ihre Fäden. Der Kriegszustand bei zwei Drittel der Weltbevölkerung bringt ihre Geschäfte mit Waffen auf einen absoluten Höchststand! Die Ziele, die sie erreichen wollten, werden bei Weitem übertroffen!

››Mister Grant, Sie sollen sofort in den Sitzungsraum kommen, Sie werden bereits erwartet!‹‹

"Sieh einer an, wenn man den Herrschaften die Wege für ihre schmutzigen Geschäfte ebnet, dann haben sie sofort für einen die nötige Zeit! Nur nicht zu sehr beeilen, die wollen ja was von mir."

››Kommen Sie, Mister Grant, setzen Sie sich zu uns! Wir haben vieles mit Ihnen zu besprechen. Wir sind mit dem Erfolg Ihrer Aktion überaus zufrieden! Aber zuerst möchten wir Sie zu Ihrem neuen Job beglückwünschen. Der Aufsichtsrat hat Sie einstimmig zum militärischen Befehlshaber aller unserer Einheiten ernannt! Der Geheimdienst ist Ihnen ebenfalls unterstellt! Was sagen Sie dazu?‹‹ ››Nun, es ehrt mich sehr, dass Sie solches Vertrauen in mich setzen! Aber damit ich meine Aufgaben für Sie auch in Zukunft zu Ihrer Zufriedenheit erledigen kann, brauche ich eine neue Identität. Ich schlage Ihnen den Namen „Admiral Martens" vor. Haben Sie Einwände dagegen?‹‹ Nach 2 Minuten Stille: ››In Ordnung, Admiral Martens, wir sind einverstanden! Weil wir schon in ein so produktives Gespräch verwickelt sind, möchten wir Ihnen gleich Ihre nächsten Aufgaben zu Gemüte führen. Unser primäres Ziel ist es, an die Rohstoffe des Saturnmondes Titan heranzukommen. Wie wollen Sie vorgehen, Martens?‹‹ ››Wie ich Ihnen ja schon berichtet

habe, ist auf diesem Mond eine fremde Rasse insektenartiger Wesen gestrandet. Nur eines dieser Wesen hat die Explosion seines Schiffes überlebt. Eine frühere Mitarbeiterin von Ihnen, die Geologin Ursa Bone, hat durch Zufall diesem Wesen das Leben gerettet. Seither arbeitet sie mit diesem Außerirdischen zusammen. Gemeinsam haben sie General Michels Leben gerettet. Meinen Informanten zufolge haben sie bei Admiral Roman Watson einen Gönner, der sie von Ceres aus mit Vorräten und den nötigen Energiezellen versorgt. Dieses Wesen, das mit Ursa Bone zusammenarbeitet, muss ihr Schiff mit außerirdischer Technik aufgerüstet haben. Die Brems- und Beschleunigungswerte der Lucky Star sind sensationell, kein Schiff in diesem System kann mithalten!«
»Übrigens, die Lucky Star gehört der Company! Ein Ziel für Sie, Admiral Martens, muss es sein, die Lucky Star samt außerirdischer Technik für uns zurückzuholen! Bone hat sich mit ihren Gefährten irgendwo zwischen Saturn und Neptun versteckt. Töten Sie sie und bringen Sie unser Schiff zurück! Haben Sie etwas dazu zu sagen, Admiral Martens?« »Meine Damen, meine Herren, stellen Sie sich das bloß nicht zu einfach vor! Diese Bone hat General Michels und den Außerirdischen bei sich, alle sind nicht von schlechten Eltern! Um das Schiff unbeschädigt in unsere Hände zu bekommen, müssen wir sie in einen Hinterhalt locken. Anders sehe ich keine Chance für uns, des Schiffes habhaft zu werden. Ich werde mich auf Ceres begeben, um dort auf meine Chance zu warten. Für die Besatzung der Lucky Star ist Ceres der einzige menschliche Anflughafen, den sie benützen können - früher oder später tauchen sie dort auf! Ich habe noch vieles vorzubereiten, deshalb muss ich mich von Ihnen verabschieden. Sobald es Ergebnisse gibt, hören Sie von mir .«

Auf Triton: »Es ist sehr beunruhigend, wie die Menschen zur Zeit miteinander umgehen! Vier schwere Gefechte, davon drei mit Nuklearwaffen! Ich kenne kein Volk im bekannten Universum, das mit dem Leben anderer so respektlos umgeht wie die Menschen. Zuerst zerstören sie ein eigenes Kriegsschiff bei Kallisto, dann die beiden Flottenbasen auf den Marsmonden und zu guter Letzt töten sie die eigenen Verbündeten auf dem Asteroid Psyche- irgendwie sarkastisch, der Name des letzten Ortes! « »Du hast Recht, Erk! Jetzt müssen wir besonders aufpassen, dass nicht alles aus dem Ruder läuft! Die sind mit ihrer Engstirnigkeit in der Lage sich selbst zu vernichten. Zwei Monate müssen wir noch überstehen, dann ist die Ausbildung der Menschen auf Makateh zum größten Teil abgeschlossen. Sobald sie dann bei uns ankommen, werden wir sofort beginnen, sie auf ihre Aufgaben vorzubereiten. Es ist besser, wenn Menschen die Probleme der Menschen lösen und wir nur im äußersten Notfall eingreifen!« »Ich glaube, unsere Gäste auf Makateh sind schon in Ordnung, die kriegen ihre eigene Spezies schon in den Griff - wenn nur ihre Ausbildung nicht zu spät beendet ist, Aik!«

KRISENSTIMMUNG

»Admiral Watson, kommen Sie bitte in die Zentrale! In wenigen Minuten öffnet sich eine Bildübertragung zur Erde, der Verteidigungsminister will persönlich mit Ihnen sprechen.« »Danke Leutnant, ich bin in einer Minute in der Zentrale! Veranlassen Sie in der Zwischenzeit, dass alle Frequenzen abhörsicher codiert werden.« "Bin gespannt welche Anliegen der Minister hat, kann sicher nur mit der europäisch - asiatischen Krise zusammenhängen". »Guten Tag, Admiral! Ich muss mit Ihnen über die momentane Krise sprechen und habe auch einige Fragen an Sie. Mir wurde von der Mars-Trading-Company eine Beschwerde über Sie zugetragen! Sie sollen dem verschollenen General Michels und einigen seiner Helfer Unterschlupf gewährt haben. Dabei soll auch eine gewisse Ursa Bone sein, die

der Company ein Raumschiff unterschlagen hat. Wir wurden aufgefordert dafür zu sorgen, dass das Schiff an seinen Besitzer zurückgegeben wird. Was wissen Sie darüber, Admiral? Und erzählen Sie mir keine Märchen, ich weiß von Ihrer Freundschaft mit General Michels!«
»Herr Minister, ich kann nur so viel dazu sagen: Ursa Bone ist mit General Michels vor zehn Wochen das erste und letzte Mal hier auf Ceres gewesen. Von der angeblichen Unterschlagung des Raumschiffes weiß ich nichts! Ich habe ihnen geholfen, da ein Mordkomplott von einer noch nicht bekannten Macht gegen Michels fehlgeschlagen ist! Er hat mich über Dinge in Kenntnis gesetzt, die man über eine Funkverbindung nicht besprechen sollte. Vieles ist in den letzten Wochen so eingetreten, wie Michels es mir prophezeit hat. Deshalb bin ich nicht gewillt es über Funk weiterzugeben! Ich werde Sie persönlich aufsuchen und Sie über alles, was ich weiß, informieren. Aus sicheren Quellen hat man mich gewarnt, dass selbst unter meinen Leuten Spione sein sollen! In zwei Woche bin ich bei Ihnen um alles persönlich zu besprechen.« »Sie sind ein alter Dickkopf, Admiral! Kommen Sie so schnell wie möglich! Übrigens soll ich Ihnen Grüße von meiner Tochter Mary ausrichten.« »Danke, Minister Ward! Admiral Watson, Ende!«

»Wir sollten uns in die Nähe der Menschen zwischen Mars und Erde aufhalten, Aik! Mein Gefühl sagt mir, dass in nächster Zeit einiges auf uns zukommt. Der verschlüsselte Funkspruch, den einer unserer Satelliten aufgefangen hat, lässt schließen, dass die Company ein Attentat plant. Die Menschen sind mir im Moment viel zu ruhig, wenn man bedenkt, was in den letzten Wochen passiert ist!« »Da kann ich Dir nur zustimmen! Wir können uns in Olympus City unter die Bevölkerung mischen, dort arbeiten die meisten Menschen für die Company. Wenn es neue Entwicklungen geben sollte, erfährt man sie dort am ehesten. Wie wir wissen, ist dort das wirkliche Machtzentrum der Menschen. Die Company lässt die Erdbevölkerung zwar immer noch glauben, New York mit der Wall Street sei das Finanzzentrum. In Wirklichkeit ist aber schon seit Jahren Olympus City der Sitz wirtschaftlicher und finanzieller Macht im Solarsystem, Erk!« »Ein wenig Abwechslung auf dem Mars wird uns gut tun! Dort können wir die Situation zum jetzigen Zeitpunkt besser einschätzen, um im Notfall zu reagieren.«

»In Kürze treten wir in einen Orbit um den Mond ein, Admiral!« Admiral Watson will seine Tochter Sally auf dem Mond besuchen und sie mit auf die Erde nehmen. Er befürchtet, dass sie auf dem Erdtrabanten nicht sicher ist und gegen ihn als erpresserisches Druckmittel eingesetzt, wird. Natürlich hat er Sally nichts von seiner Befürchtung erzählt. Er weiß ganz genau, wenn sie wüsste, weshalb er sie mitnimmt, würde er bei ihr eine Trotzreaktion auslösen. Sie ist halt ganz der Vater...

»Hallo Pap`s! Was verschlägt Dich hierher auf den Mond, wo man Dich doch sonst nicht von deiner Arbeit fernhalten kann, stimmt etwas nicht?« »Grüß Dich, Kleines! Darf dein alter Herr nicht auch einmal Sehnsucht haben, seine Tochter zu sehen? Und übrigens , ich muss zum Verteidigungsminister, da geht eine kleine Stippvisite bei dir in einem Aufwasch, haha....Aber ganz im Ernst, Du fehlt mir!« »Pap`s, erzähl mir keinen Unsinn! Etwas ist nicht in Ordnung, ich kenne Dich! Noch nie bist Du nur so zum Spaß bei mir aufgetaucht, etwas macht Dir Sorgen!« »Liebes, Du hast sicher einiges mitbekommen von dem, was in den letzten Wochen passiert ist, die Lage ist sehr ernst. Es geht einiges im Sonnensystem vor, von dem nur wenige die Zusammenhänge kennen. Nicht einmal ich bin mir über alles im Klaren! Pack Deine Sachen, wir werden heute Abend vom Verteidigungsminister erwartet. In einer Stunde bringt uns die Fähre auf die Erde.‹‹ ››Du weißt aber schon, dass ich so kurzfristige Planänderungen nicht mag, Paps!?‹‹

››Ground Zero an alle! Sobald der Admiral die Fähre betritt, Feuer frei! Auch alle Begleiter des Admirals sind zu eliminieren, keine Zeugen am Leben lassen!‹‹

Obwohl der Admiral nicht offiziell auf dem Mond ist hat ein Killerkommando im Hangar, in dem die Fähre des Admirals steht, Position bezogen. Die Company ist über fast alles informiert, ihre Spione sind überall eingeschleust, selbst in den Führungsebenen der Machtblöcke sind sie vertreten.

››Admiral, Achtung!‹‹ ..... Mehrere Explosivgeschoße explodieren in unmittelbarer Nähe des Admirals und seiner Tochter! Drei der ihn schützenden Marines brechen sofort tot zusammen, fünf weitere werden schwer verletzt. Sie mit seinem Körper schützend, bugsiert der Admiral seine Tochter gekonnt in die Schleuse der Fähre. ››Schnell Pilot, Alarmstart!!‹‹, ist der letzte Befehl des Admirals, bevor er getroffen das Bewusstsein verliert. Ganz plötzlich greifen zwei Unbekannte ohne Vorwarnung in das unübersichtliche Gefecht zwischen den Marines, dem Admiral und den Attentätern ein! Der Angriff auf das Killerkommando kam so überraschend, dass es keine Zeit hatte zu reagieren. Innerhalb weniger Sekunden brachen alle vier Attentäter tödlich getroffen zusammen! Genauso schnell, wie die Unbekannten aufgetauchten, waren sie auch wieder verschwunden. Mithilfe des Piloten und des letzten Unverletzten der Marines bringt Sally alle verletzten Marines an Bord der Fähre, wo sie von ihr notversorgt werden. Sally befielt dem Piloten zu starten. ››Wir müssen zum Ceres fliegen, nur dort ist Vater sicher! ‹‹ Der Pilot fliegt das Raumschiff des Admirals an und schleust die Fähre ein. Kurz darauf startet das Schiff in Richtung Ceres.

»Gut, dass wir den Hinweisen nachgegangen sind, sonst wären Admiral Watson und seine Tochter nicht mehr am Leben!« »So ist es! Da kommen noch zwei turbulente Monate auf uns zu, bis die Menschen ihre Probleme selbst in die Hand nehmen können, Aik!«

»Wo bin ich? Was ist passiert?« »Beruhige Dich Paps! Es ist wieder alles unter Kontrolle! Deine Verletzungen sind nicht bedrohlich. Wir sind auf dem Weg zum Ceres, nur dort sind wir im Moment sicher! Dem Minister habe ich bereits Bescheid gesagt, was passiert ist.« »Was ist mit meinen Leuten, Schätzchen? Wie viele haben es geschafft?« »Für vier konnten wir nichts mehr tun, die anderen werden wieder! Aber viel wichtiger Paps, ich habe Dich nicht verloren! Nicht so wie Mutter bei den Unruhen auf dem Mars...« »Mich wundert, dass wir noch am Leben sind!? Aus dem Hinterhalt, in dem wir waren, gibt es im Normalfall kein Entkommen.« »In dem Moment, als Du das Bewusstsein verloren hast Paps, kamen uns zwei Unbekannte zu Hilfe! Die Beiden eliminierten die vier Attentäter in wenigen Sekunden. Gleich darauf verschwanden sie so schnell, wie sie aufgetaucht waren! Kennst Du unsere beiden Schutzengel, Paps?« »Nein, Kleines, aber mein Gefühl sagt mir, sie sind nicht von unserer Welt.«

Watson erzählt seiner Tochter die ganze Geschichte vom Anfang an, wie er sie von seinem Freund General Michels und Ursa Bone erfahren hat. Sally horcht sehr aufmerksam zu, auch alles, was ihr Vater noch in Erfahrung gebracht hat, interessiert sie brennend. »Alles fertigmachen zur Landung!« kommt es aus den Bordlautsprechern. »In drei Minuten landen wir am Stützpunkt auf Ceres.«

In der Zwischenzeit in Grants Hauptquartier: »Eine Nachricht für Sie, Admiral Martens! Eine direkte Bildverbindung wird für Sie aufgebaut, soll die Übertragung in Ihr Büro gelegt werden Sir?‹‹ ››Machen Sie das, Leutnant! Überprüfen Sie aber vorher, ob die Leitung sauber ist, danke!‹‹

Die Verbindung baut sich auf dem Großbildschirm im Büro von Martens alias "Grant" auf. Auf dem Bildschirm erscheint eine Person, die Martens noch nie gesehen hat. ››Wer sind Sie und was wollen Sie von mir?‹‹ Im selben Augenblick erscheinen hinter dem Unbekannten, gut für Martens sichtbar, die ihm bekannten sieben Aufsichtsräte der Company. Sofort geht es Martens durch den Kopf: „Die Sieben sind nur Marionetten des Unbekannten, anders kann es gar nicht sein!“ ››Nennen Sie mich einfach "Zero One"! Sie und meine Sieben, sagen wir Firmenmanager, sind die Einzigen, die mich jemals gesehen haben. So soll es auch bleiben! Um mich kurz vorzustellen, ich bin der alleinige Boss der Mars - Trading - Company und aller dazugehörigen Geschäfte und Betriebe. Sie haben mir in der letzten Zeit gute Dienste erwiesen. Aber mit der Beschaffung meines Schiffes, der Lucky Star, geht alles sehr schleppend voran. Woran liegt das? Außerdem ging der Anschlag auf Admiral Watson voll in die Hose und Ihr eigenmächtiges Handeln bei der Tötung der Mei - Brüder hat mir alles andere als gefallen! Martens, oder wollen Sie wieder "Grant" heißen!?, wenn Ihr toter Körper nicht auf einer Müllhalde verrotten soll, dann sehen Sie zu, dass die Probleme mit der Lucky Star und den Schürfrechten auf Titan erledigt werden!‹‹ ››Mister Zero One, so einfach wie Sie sich das alles Vorstellen ist das wirklich nicht! Ich spiele Ihnen ein Video einer Überwachungskamera vor. Darauf werden Sie sehen, wieso das Attentat auf Watson fehlgeschlagen ist. Auf dem Video sind deutlich zwei humanoide Wesen zu sehen, die das Attentat verhindert haben. Bei der Auswertung des Videomaterials haben wir feststellen müssen, die beiden sind keine Menschen! Ihr Aussehen ist zwar dem der Menschen sehr ähnlich, aber es sind eindeutig außerirdische Intelligenzen. Wie Sie sicher auch schon wissen, sind die Beiden nicht die Einzigen. Auf einem früheren Video, das ich gleich abspiele, ist ein insektenartiges Wesen zu sehen, das sich mit Ihrer früheren Mitarbeiterin Ursa Bone verbündet hat. Achten Sie genau darauf, mit welcher Schnelligkeit und Kraft dieses Wesen kämpft, es gibt keinen Menschen, der eine Chance hätte. Mein früherer Vorgesetzter, General Michels, ist auch nicht gerade eine Hilfe für uns. Er weiß viel über uns und als militärischer Stratege ist er ein Genie. Wir müssen sehr vorsichtig an die Sache rangehen, es gibt durch die Außerirdischen viele Unbekannte, die nicht einfach ignoriert werden dürfen!‹‹ ››Ich sehe schon, ich habe die falschen Leute gekauft! Martens, es muss Ihnen unbedingt gelingen, an mein Schiff und somit an die außerirdische Technik zu gelangen, koste es, was es wolle!‹‹ ››Wie ich schon Ihrem Aufsichtsrat mitgeteilt habe, wir brauchen Geduld! Nur wenn sie uns in eine Falle gehen, haben wir eine Chance!‹‹

OLYMPUS CITY

››Minister Ward, bei der jährlichen Tagung der UNO in Olympus City, die an diesem Wochenende stattfindet, wird sich mein Mann auf dem Mars mit Ihnen in Verbindung setzen. Die Informationen, die Sie von ihm erhalten, sind so brisant, dass jeder, der damit zu tun hat, in Lebensgefahr ist! Um das Risiko so klein wie möglich zu halten, werden Ihnen die Informationen per Funk mit begrenzter Reichweite im UNO-Gebäude selbst übermittelt. Der Codeschlüssel wird Ihnen, sobald die Informationen gesichert sind, ausgehändigt. Passen Sie auf sich auf, Ward! Viele Grüße an Ihre Tochter Mary! Watson Ende.‹‹

Für Sally ist Ceres ein öder Körper, aus Langeweile

schmiedet sie verrückte Pläne: Paps wird durchdrehen, wenn er erfährt, dass ich auf eigene Faust zum Mars fliege! Egal, er wird's überleben! Mal sehen, ob ich etwas in Erfahrung bringe, das uns hilft. Die Papiere, die mir sein netter Leutnant aus seinem Büro besorgt hat, sehen perfekt aus, da dürfte es keine Probleme geben. Selbst für eine unauffällige Passage zum Mars hat er für mich gesorgt! Die Idee, als Besatzungsmitglied eines Wassertankers auf dem Mars einzureisen, ist nicht schlecht. Das wirkliche Crewmitglied sitzt auf Ceres wegen groben Unfugs für 20 Tage in Haft. Mit meiner neuen Identität als erfahrener Frachter - Pilot habe ich dem Captain des Tankschiffes aus seiner misslichen Lage geholfen. So kann er durch mich seinen Flugplan einhalten. ››Miss Barnes, starten Sie die Triebwerke und legen Sie ab! Mal sehen, ob Sie wirklich so gut sind, wie es in Ihren Zeugnissen steht.‹‹ Gut, dass mich Paps schon mit sechs Jahren im Tandemkampfjet mitgenommen hat. Mit Zehn bin ich schon mit seinen Freunden in seiner Staffel um die Wette geflogen, ohne dass die es wussten - sie glaubten, Paps fliegt! Paps hat sogar einen alten Druckanzug für mich umgearbeitet, dass sogar extreme Flugmanöver möglich waren. Mutter und er stritten sich immer wegen mir, weil, wie sie sagte, er ein verrückter Kerl sei, einem Kind das Fliegen mit einem Kampfjet beizubringen! Paps Freunde glaubten immer, er tue so überheblich, weil er den Jet am besten im Griff habe. In Wirklichkeit war er aber einfach stolz, weil ich die Maschine geflogen habe. Selbst in späteren Jahren, als er mit den Prototypen der neuen Raumschiffe flog, die mit Schwerefeldgeneratoren ausgerüstet waren, hat er mich immer ans Steuer gelassen. Mam hatte schon recht, ein verrückter Kerl! ››Ich sehe schon, Miss Barnes, Sie haben alles bestens im Griff! Würde mich freuen, wenn Sie längerfristig als Crewmitglied bei uns anheuern!‹‹ Das ist gut, beim Captain habe ich schon jetzt einen Stein im

Brett! Das wird sicher einiges erleichtern. In zwei Wochen erreichen wir den Mars, dann eine Woche Aufenthalt, anschließend zurück zu Ceres - wenn alles glatt geht!

››Leutnant Barnes, wissen Sie, wo meine Tochter Sally ist? Sie hat sich seit zwei Tagen nicht mehr bei mir sehen lassen.‹‹ ››Nicht genau, Admiral!‹‹ ››Was soll das heißen, Leutnant? Rücken Sie sofort mit der Sprache heraus, aber flott, wenn ich bitten darf!‹‹ Der Admiral bemerkt sofort die Verunsicherung in den Gesten von Leutnant Barnes, der ihm etwas zu verheimlichen schien. ››Sir, Ihre Tochter hat mich gebeten, sie mit einer neuen Identität auszustatten. Ich habe ihr Papiere angefertigt beziehungsweise besorgt, die mit den Daten meiner Schwester übereinstimmen. Diese Dokumente sind absolut sicher, da meine Schwester Tracy für den CIA arbeitet und auch eine neue Identität bekommen hat.‹‹ ››Barnes!!! Ich drehe Ihnen eigenhändig den Hals um, wenn meiner Tochter etwas zustößt! Und jetzt heraus mit der Sprache, wo ist sie!?‹‹ ››Auf dem Weg zum Mars, Sir!‹‹ ››Sind Sie von allen guten Geistern verlassen, Barnes!? Wie können Sie es zulassen mein Kind einer solchen Gefahr auszusetzen, ohne mich zu informieren!?‹‹

Dem Leutnant wird nun klar, in welch gefährliche Situation er mit seinen unüberlegten Handlungen die Tochter des Admirals gebracht hat. Aber Sally mit ihrem Charme hatte ihn ja so um den Finger gewickelt, er würde alles für sie tun. ››Admiral, es tut mir leid! Sie kennen ja Ihre Tochter, wenn sie sich etwas in den Kopf setzt, zieht sie es durch! Der Apfel fällt ja nicht weit vom Stamm!‹‹ ››Passen Sie auf, was Sie sagen, Barnes!....Sie haben ja recht, ich bin selbst schuld, ich habe ihr immer viel zu viel nachgegeben!‹‹

Im Anflug auf den Mars: ›› Miss Barnes, leiten Sie den Landeanflug auf den Raumhafen von Olympus City ein!

Fliegen Sie Rampe 31 an und arretieren Sie die Entladeleitungen.‹‹ Die letzten 13 Tage waren recht interessant, unser Captain hatte mir allerhand Aufschlussreiches über die gewerbliche Raumfahrt erklärt. Was aber noch viel wichtiger für mich ist, durch die Gespräche mit ihm, habe ich sehr genau, die politische Situation auf Mars erfahren. Es wird durch die Company in der Bevölkerung eine nationale rechte Meinung publiziert. Viele glauben: "Bin ich ein Mitarbeiter der Mars-Trading-Company, bin ich etwas Besonderes!". Er sagte auch: ››Sei vorsichtig mit Meinungen in der Öffentlichkeit, die sich gegen die Company richten! Die Sicherheitskräfte in den von der Company kontrollierten Gebieten reagieren sehr empfindlich!‹‹ ››Eine perfekte Landung, Miss Barnes! Bitte überlegen Sie sich mein Angebot, ob Sie nicht doch bei mir fix das Pilotencockpit übernehmen wollen?‹‹ ››Danke Captain, ich werde Ihnen in einer Woche beim Rückflug zu Ceres Bescheid sagen!‹‹

››Ein interessantes Städtchen, dieses Olympus City, Aik'! Hier kommen wirklich alle dunklen Gesellen der verschiedenen menschlichen Rassen zusammen. Nirgends im Solarsystem ist eine so bunte Nationalitätenvielfalt auf so kleinem Raum vereint. Ich schlage vor, wir setzten uns in eine der Wirtschaften am Raumhafen und trinken etwas. Von den Raumfahrern erfährt man am ehesten unauffällig Neuigkeiten.‹‹ ››In Ordnung! Mal sehen, ob uns die leicht angeheiterten Redseligen etwas für uns Neues zu berichten haben.‹‹

Nach gut zwei Stunden, als Erk` und Aik` gerade die Hafenbar verlassen wollen: ››Aik, die kennen wir doch! Sie kommt auf uns zu und will sich zu uns setzen. Hat sie uns erkannt?‹‹ ››Beruhige Dich! Nicht einmal Erki`, meine Schwester, würde uns in unserer Maske erkennen.‹‹ Langsam geht Sally auf die beiden Fremden, die ihr irgendwie bekannt vorkommen, zu. Die beiden, die in einer etwas ruhigeren Ecke der Kneipe sitzen, zeigen etwas Nervosität, als sich Sally ihnen nähert. Mit einem leichten Schmunzeln fragt sie: »Darf ich mich zu Ihnen setzen? Sie Beide sind die Einzigen, die mir einen halbwegs vertrauenswürdigen Eindruck machen. Ich heiße Tracy Barnes, darf ich auch Ihre Namen erfahren, meine Herrn?« Aik` und Erk` erstaunt die offene, freche Unbekümmertheit, mit der ihnen die Tochter des Admirals entgegentritt. Es ist ihnen nicht ganz klar, wie sie sich ihr gegenüber verhalten sollen. »Wir sind die Brüder Reinhart und Ronald Gibson und auf Geschäftsreise hier auf dem Mars. Eigentlich kommen wir von der Erde «, tischt Erk` unserer angeblichen Tracy Barnes auf. »Wir handeln mit hochwertigen Computerbauteilen«, gibt er noch als Draufgabe dazu. »Kann es sein, dass wir uns schon einmal begegnet sind? Sie kommen mir beide so bekannt vor. Das soll keine primitive Anmache sein, ich kenne Sie von irgendwo!« Die beiden Schattenkrieger fühlen sich ertappt, sie zeigen eine fast unmerkliche Gesichtsregung, die Sally nicht entgeht. Wie aus der Pistole geschossen sagt sie: »Ihr zwei seid die beiden Engel vom Mond, die mir und meinem Vater aus dem Schlamassel mit den Heckenschützen geholfen haben!!« Die Reaktion in den Augen ihrer Gegenüber bestätigen Sally, dass sie ihre Tarnung durchschaut hat. »Wieso so ruhig? Hat es den Herrn die Sprache verschlagen? Euer geschmeidiger Bewegungsablauf hat Euch verraten, so was kenne ich von Menschen nicht.« »Fräulein Barnes, da müssen Sie einem Irrtum unterliegen! Wir sind ganz normale Handelsreisende, die versuchen auf dem Mars ihr Geschäft zu machen.« »Wenn das so ist, werde ich mich wohl getäuscht haben, haha.... Dann wünsche ich Ihnen erfolgreiche Geschäfte! Vielleicht sehen wir uns mal wieder, tschüss!«

Ein ungutes Gefühl bleibt den beiden, nachdem Sally sich verabschiedet hatte. Sie hat sie wiedererkannt, obwohl sie glaubten, dass ihre Maske perfekt sei. Gedanken gehen Aik` und Erk` durch den Kopf, was die Tochter des Admirals hier auf dem Mars wohl suche. ››Unsere Admiralstochter scheint auf eigene Faust einiges in Erfahrung bringen zu wollen. Wird wohl besser sein sie im Auge zu behalten, Aik'!‹‹ ››Ich habe ihr einen Microsender untergejubelt! Er ist mit menschlicher Technik nicht zu orten. Mal sehen, was sie vorhat!‹‹

››Taxi! Können Sie mich bitte zum Verwaltungsgebäude der Mars-Trading-Company bringen?‹‹ ››Aber sicher, Miss, nur welches Verwaltungsgebäude der Company meinen Sie? Logistik, Allgemein-Verwaltung, Management?‹‹ ››Setzen Sie mich bei der Allgemein-Verwaltung ab!‹‹

Dort werde ich am ehesten ohne Aufsehen meine Nachforschungen machen können, denkt Sally. Muss mir nur noch einen Identitätschip eines Mitarbeiters besorgen, eine kleine Änderung daran und ich bin drinnen. Wenn nur alles so einfach wäre!? Am besten, ich versuche es nach Feierabend in der Bar gegenüber dem Verwaltungsgebäude, dort werden sicher einige Mitarbeiter der Company ihren Feierabendtrink zu sich nehmen. Ah, die alleine am Tisch in der Ecke sitzende Frau, einen Versuch ist es wert: ››Hallo, darf ich mich zu Ihnen setzen? Ich kenne hier niemanden und nur bei Ihnen ist ein Platz frei, wo ich vor aufdringlichen Männern meine Ruhe habe.‹‹ ››Setzen Sie sich. Bei mir haben Sie Ruhe vor dem aufdringlichen Männervolk.‹‹ ››Danke! Sie machen mir den Eindruck, dass auch Sie ein wenig Raum zum Entspannen nach der Arbeit brauchen. Darf ich Sie zu einem Getränk einladen?‹‹ Wir stellen uns einander mit unseren Vornamen vor. Sie erzählt mir, dass Sie eine der 4 Sekretärinnen des Chefs der Verwaltung sei. Welch ein Glück, genauso eine Person habe ich gesucht! Noch besser, sie sieht mir ein bisschen ähnlich, Haarfarbe, Größe, Figur passen. Von Weitem könnte man uns verwechseln, ein idealer Zufall!

Nach relativ kurzer Zeit entwickelt sich ein recht offenes Gespräch zwischen Angelika und mir, in dem man zwischen den Zeilen herauslesen kann, dass sie sich eigentlich mehr zum weiblichen Geschlecht hingezogen fühlt. Nach zwei, drei Drinks ist es eindeutig, dass ich ihr gefalle. »Tracy, hast Du Lust mit zu mir zu kommen? Bei mir können wir uns ungestört weiter unterhalten und die Drinks schmecken auch besser.« Zum Schein gehe ich auf ihr Angebot ein: »Danke, ich nehme deine Einladung gerne an.« Die perfekte Gelegenheit in ihre Identität zu schlüpfen! Sie wohnt nur zwei Häuserblocks von der Kneipe entfernt. Bei ihr angekommen sondiere ich die Lage. Nach einem weiteren Drink sagt sie: »Darf ich Dich berühren? Ich möchte Dich gerne zärtlich liebkosen und deinen Körper küssen.« Jetzt ist die Zeit gekommen, in der ich handeln muss! Nach gekonnter Ablenkung versetzte ich ihren Drink mit einem starken Betäubungsmittel. Noch bevor es zu irgendwelchen sexuellen Handlungen kommen kann, verliert Angelika das Bewusstsein. Für die nächsten 48 Stunden ist sie außer Gefecht, das Narkotikum, das ich ihr verabreicht habe, ist sehr stark. Die ganze Nacht über trimmte ich mein Aussehen auf Ihres. Hoffentlich reicht das Wissen über sie, das ich mir angeeignet habe, um ihre Mitarbeiter für eine halbe Stunde täuschen zu können!

»Guten Morgen, Angelika! Gut nach Hause gekommen mit Ihrer Freundin?«, kommt die Begrüßung eines Mitarbeiters, der uns gestern in der Bar gesehen hat. »Sehr gut danke! Wir hatten einen aufregenden Abend zusammen!«, sage ich so laut, dass es jeder im Büro mitbekommen hat. Angelikas Arbeitsplatz kann ich auch leicht finden, da sie mir in ihrer redseligen Art alles sehr gut beschrieben hat. Mit ihrer Code Card nahm ich ihren Computer in Betrieb, für die Passwörter benötige ich nur wenige Minuten. Wie so viele, hat auch Angelika alles mit Worten aus ihrem Leben verschlüsselt. Nur noch Datenträger einlegen und alles herunterladen... Ich habe mein Vorhaben noch gar nicht fertig gedacht, als: ››Miss Angelika, kommen Sie bitte in mein Büro, ich muss mit Ihnen den neuen Wochenplan besprechen!‹‹ Jetzt nur nicht nervös werden, nur noch 6 bis 7 Minuten, dann ist alles heruntergeladen! Irgendwie wird es mir schon gelingen, die paar Minuten zu überbrücken. Noch 30 Sekunden, oh Mist! Sie haben entdeckt, dass jemand unbefugt Daten aus dem System herunterkopiert.

Von einer Sekunde zur anderen verriegeln sich alle Ein- und Ausgänge hermetisch. ››Sicherheitsdienst, nehmen Sie Miss Angelika fest! Sie ist die Person, die unbefugt in Dateien eingebrochen ist und sie heruntergeladen hat!‹‹

Schnell Datenträger heraus und ab durch die Mitte, ich muss mir eine Geisel schnappen! ››Chef, Sie werden dafür sorgen, dass ich unbeschadet das Gebäude verlassen kann! Machen Sie nicht den Fehler und unterschätzen mich! Bringen Sie mich auf das Dach zum Gleiterlandeplatz, dann lasse ich Sie am Leben.‹‹

In dem Moment, als sich die Tür des Aufzugs zum Landeplatz auf dem Dach öffnet, passiert es: ››An alle Sicherheitskräfte! Die Spionin darf uns nicht entkommen, es ist, ohne Rücksicht von der Schusswaffe Gebrauch zu machen, das ist ein Befehl! Martens.‹‹

Mein lebender Schutzschild, der Chef der Verwaltung, bricht nur Sekunden später tödlich getroffen zusammen. Mir selbst rettet die sich schließende Aufzugstür das Leben. ››Verdammt, ich habe doch was abgekriegt!‹‹

››Schnell alle Betriebssysteme der Lifte lahmlegen, dann sitzt sie fest!‹‹, hallte es durch die Lautsprecher. ››Zu spät, die Fahrstuhltür auf dem Gleiterlandeplatz hat sich soeben geöffnet!‹‹, ruft einer der Sicherheitsleute.

Ich muss einen der Gleiter erreichen, verdammt schmerzt mein Oberschenkel! Sally beschäftigt sich gerade mit mehreren der Gegner, als einer der Gleiter startet und auf sie zukommt. Am Steuer des Gleiters sitzen zwei ihr nicht unbekannte Personen! Einer der Beiden springt aus der offenen Schleuse des Gleiters und hilft der verletzten Admiralstochter in das Fluggerät. ››In meiner Religion lernen wir, dass wir einen Schutzengel haben. Dass ich gleich zwei habe, und noch dazu zwei so nette Burschen, was für ein Glück!‹‹ ››Miss Watson, Sie sind ein verrücktes Huhn! Wir können nicht immer hinter Ihnen herjagen und auf Sie aufpassen, dass Sie keinen Unsinn machen! Wenn Sie so weitermachen, wird es ein schlimmes Ende mit Ihnen nehmen.‹‹ Als Aik` Sallys Verletzung am Oberschenkel versorgt, fragt sie ganz neugierig: ››Jetzt ohne Lüge, wer und was seid Ihr wirklich?‹‹

Noch während das Schattenschiff den Tarnmodus deaktiviert und den Gleiter vollautomatisch einschleust erzählen ihr die beiden Freunde, was sie wissen darf. Vier Stunden später setzen sie den Gleiter mit Sally in einer Umlaufbahn um Ceres aus und verschwinden in Richtung Triton.

ZERO ONE ››Admiral Martens, Sie sollen sich mit dem Aufsichtsrat der Company auf dem Mars in Verbindung setzen!‹‹ ››Danke, Leutnant!‹‹

Bei der Lagebesprechung erläutert Grant alias Martens die Probleme, welche die Company durch die gestohlenen Dateien bekommen könnte. Beim oberflächlichen Durchsehen seien selbst ihm Details aufgefallen, die darauf schließen lassen, dass die Trading Company bei vielen der Vorfälle in den letzten Monaten ihre Hände im Spiel hatte. ››Meine Damen, meine Herrn, wir müssen uns schnellst möglich auf einen massiven Militärschlag vorbereiten! Wir müssen unsere Flottenverbände an einem nahen Punkt zu unseren Einrichtungen auf dem Mars zusammenziehen. Sollten die Informationen auf den gestohlenen Dateien einem der verfeindeten Machtblöcke zugespielt werden, haben wir mit dem Schlimmsten zu rechnen! Meine Agenten haben herausgefunden, dass die Spionin, die in unsere Dateien eingebrochen ist, von Ceres mit Hilfe eines unserer Tankschiffe auf dem Mars eingereist ist. Es handelt sich dabei um eine gewisse Tracy Barnes, ihr Bruder ist der persönliche Adjutant Admiral Watsons. Wie ich die Lage einschätze, wird Watson die Zusammenhänge durchschauen und seiner Regierung die Informationen zuspielen. Mein Mann im Stab des Verteidigungsministers wird versuchen, den Bericht Watsons abzufangen und zu manipulieren. Jetzt sind Sie gefragt meine Herrschaften: Was soll ich unternehmen, um unsere Position wieder zu stärken?‹‹

Aus dem Hintergrund, aus einem dunklen Bereich des Sitzungsraumes, ist die Stimme von Zero One zu vernehmen: ››Grant, wie konnte das passieren?! Sind Sie so unfähig oder nur zu blöd, um unseren Geheimdienst zu leiten!? Wir haben Sie mit allen Vollmachten ausgestattet und Sie lassen es zu, dass eine Spionin vor den Augen unserer Abwehr in eines unserer Zentralbüros marschiert und in aller Seelenruhe unsere Daten stiehlt! Und das Größte ist, Sie lassen sie auch noch entkommen!‹‹

Grants immer schneller pulsierendes Herz treibt ihm das Blut in den Kopf. In seinen Gedanken baut sich Hass auf seinen undankbaren Vorgesetzten Zero One auf. „Nur ruhig bleiben, nicht zu viel anmerken lassen, aber auch keine Schwäche zeigen!" ››Geben Sie mir detaillierte Befehle! Und glauben Sie nicht, Sie könnten etwas in ein paar Monaten schaffen, wofür FBI und CIA über ein

Jahrhundert gebraucht haben, um funktionierende Strukturen zu schaffen. Geld alleine ist nicht das Allheilmittel für jede Situation!‹‹ ››Beruhigen Sie sich, Grant! Sie mögen ja in gewisser Weise recht haben, aber das hilft uns jetzt auch nicht mehr weiter. Schauen Sie, dass diese für uns unangenehme Sache aus der Welt kommt! Mir sind alle Mittel recht, um unsere Beteiligung an den Vorfällen der letzten Wochen nicht publik werden zu lassen. Sorgen Sie dafür, aber diesmal endgültig! Dies ist Ihre letzte Chance!‹‹ ››Lassen Sie mich in der Sache so verfahren, wie ich es mir vorstelle, dann kann sich noch alles zum Guten für die Trading Company wenden!‹‹ ››Von mir haben Sie das O.k, also bauen Sie keinen Scheiß, Grant!‹‹ "Keine Ahnung, was wirklich abläuft und große Reden schwingen! Typisch Bürokraten, aber von denen kann nicht mehr erwartet werden!", ist der Gedanke der Grant durch den Kopf geht.

In Admiral Watsons Büro auf Ceres: ››Sally, mit Dir habe ich ein Hühnchen zu rupfen! Wie stellst Du Dir das eigentlich vor? Spazierst einfach in die Höhle des Löwen! Diese Leute machen kurzen Prozess mit Dir, wenn sie Dich erwischen!‹‹ ››Aber Paps, ist doch nichts passiert! Und außerdem passen die zwei "Engel" von unserer Mondaktion auf mich auf. Die Informationen, die wir jetzt haben, können uns sicher weiterhelfen.‹‹ ››Nichts passiert!? Das sehe ich an Deinem Bein! Wenn Dir unsere beiden Schutzengel nicht aus der Patsche geholfen hätten, müsste ich Dich jetzt betrauern. Leutnant Barnes! Meine Tochter hat drei Tage Stubenarrest, Sie sind mir dafür verantwortlich, dass sie auf keinem Fall ihr Quartier verlässt! Lassen Sie sich nicht noch einmal von ihr um den Finger wickeln! Wenn sie noch einmal ausrückt, erschieße ich Sie eigenhändig, verstanden Barnes!?‹‹ ››Sie können sich auf mich verlassen, Sir!‹‹ ››Das habe ich gesehen, Barnes!‹‹ ››Paps, sei doch nicht so streng mit dem armen Leutnant, er kann doch nichts dafür!« »Barnes, bringen Sie Sally sofort in ihr Quartier! Sie versucht schon wieder, uns zu manipulieren! Drei Tage, und keine Minute früher, darf sie wieder aus ihrem Quartier heraus, verstanden?!« Hoffentlich bringt Sally meine kleine Abreibung zu mehr Vernunft! Ich muss ja zugeben, die Informationen die Sally uns beschafft hat, klären die meisten Vorfälle zwischen den Europäern und Asiaten auf. Meine Vermutungen, dass die Mars-Trading-Company dahinter steckt, haben sich somit bestätigt. Im Moment muss ich mein Wissen für mich behalten, eine voreilige Aktion könnte den 3. Weltkrieg entfachen, und diesmal könnte es das Ende der Menschheit bedeuten!

»Anstatt mir dankbar zu sein, lässt mich Paps einsperren - können Sie das verstehen, Leutnant? Wie ist eigentlich Ihr Vorname?« »Rene! Aber bitte versuchen Sie nicht wieder, etwas bei mir zu erreichen, Ihr Vater bringt mich sonst um!« »Nicht immer ist ein Hintergedanke da, wenn ich nett zu Ihnen bin. Ich finde einfach, Sie sind ein lieber Kerl!«

»Die Flottenbewegungen der Company lassen nichts Gutes hoffen, Aik'! Grant hat etwas vor, nur was?« »Wenn Admiral Watson mit den Informationen, die ihm seine Tochter beschafft hat, etwas anfangen kann, ist er vermutlich Grants primäres Ziel. Erk`, wir müssen uns in der Nähe vom Ceres aufhalten. Wenn meine Vermutungen richtig sind, wird Grant versuchen den Flottenstützpunkt dort zu vernichten, um das intrigante Spiel der Company zu verschleiern. Wir brauchen noch zwei Wochen Zeit, dann kommen die Menschen von ihrer Grundausbildung von Makateh zurück. Es ist besser, wenn die Menschen selbst ihre Probleme erledigen! Wir greifen nur im äußersten Notfall ein.« »Bin ganz deiner Meinung, Aik'! Wir haben schon genug getan, dadurch wissen einige wenige von unserer Existenz!«

Makatek letzte Woche der Grundausbildung: ››Heute nach unserer Körperertüchtigung habe ich eine kleine Überraschung für Sie! Ich möchte von jedem sein Bestes sehen, als Belohnung gibt es dann einen Ausflug zum nahegelegenen Mond! Dort dürfen Sie auf unserer Flottenbasis hineinschnuppern, natürlich nur in die öffentlichen Einrichtungen. Jeder, der nicht vollen Einsatz zeigt, bleibt zu Hause!‹‹ Ak` kostet unsere Neugier in vollen Zügen aus. Zuerst das Konditionstraining, um eine Stufe härter als sonst. Er ist erst zufrieden, als es auch Aldrich aus den Latschen haut. Nach 10 Minuten Pause das Nahkampftraining: Jeder muss gegen ihn und Cecen abwechselnd antreten. Durch das überhöhte Konditionstraining sind unsere Körper so geschlaucht, dass Ak` und Cecen nur ein kurzes Vergnügen mit uns haben. ››In einer Woche bei den Abschlussprüfungen muss das besser funktionieren, nur Aldrich hat eine passable Leistung gebracht! Und jetzt unter die Dusche, in einer Stunde starten wir!‹‹

Innerlich grinsend verlässt Ak`Gion das Trainingsgelände: „Nicht schlecht! Gut sind sie alle, aber Aldrich, wenn der so weitermacht wird, er ein ernsthafter Gegner für mich! Ganz zu schweigen von Cecen - mit fairen Mitteln ist der nicht zu schlagen!“

Eine Stunde später am Landeplatz für Raumfähren stehen alle überpünktlich da, wie bestellt und nicht abgeholt. Ak` zeigt uns die Fähre, in die wir einsteigen und zum nahegelegenen Mond fliegen sollen. ››Cecen, übernimm das Steuer und fliege Schleuse 63 an, Du wirst sie durch den Leitstrahl leicht finden. Den anderen wünsche ich einen entspannten, schönen Flug!‹‹ Mit „schön“ hat Ak` vollkommen recht. Keiner von uns hatte jemals etwas Schöneres gesehen als das grünblaue Juwel Makateh! Selbst die Erde kann mit dieser Welt nicht konkurrieren. Beim Landeanflug können wir schon das Empfangskomitee erkennen, an dessen Spitze Rey Meyesty steht. Alle vom Hohen Rat der Zehn sind anwesend! Nach dem Verlassen unserer Fähre ergreift Rey Meyesty das Wort: ››Meine lieben Gäste hier auf Makateh, Sie alle haben in den letzten Monaten für menschliche Begriffe eine extrem schwierige Ausbildung gemacht! Wie mir SurÈlem, Eko`Dar und Dar`Xui mitteilten, haben einige von Ihnen die Ausbildung mit sehr gutem Erfolg absolviert! Aber was noch wichtiger ist, alle sind gut genug, die Abschlussprüfung in einer Woche zu bestehen! Ak`Gion hat sich so positiv über den Zustand Eurer Fitness geäußert, dass es von seiner Seite auch keine Probleme zu geben scheint.‹‹ Wir sehen uns überrascht an. Ak` stellt uns ein gutes Zeugnis aus, wo er uns doch jeden Tag zur Schnecke macht?! Anschließend führt uns Rey Meyesty durch die Dockanlagen, an denen ein Teil ihrer Militärflotte liegt. Ihre Kriegsschiffe sind alle in sehr übersichtlichen Größen gebaut. Keines der Schiffe ist länger als 100 Meter. Die Fracht- und Handelsschiffe hingegen erreichen Längen von über 500 Meter. Vor einer Schleuse, die geschlossen ist, bleibt der ganze Tross stehen. ››Nun zur Überraschung, die ich für unsere Gäste habe!‹‹ Die Schleuse öffnet sich, dahinter kommt die Lucky Star in fünffacher Ausführung zum Vorschein! Wir trauen unseren Augen nicht: In so kurzer Zeit hat dieses Volk weitere vier Schiffe mit dem Aussehen der Lucky Star gebaut! ››Was sagen Sie dazu? Wie gefallen Ihnen ihre neuen Schiffe? Von außen sehen sie aus wie ganz normale irdische Schiffe, aber das Innere hat es in sich! In Ihren Schiffen sind 90% der Möglichkeiten eines unserer Schiffe integriert. Ein guter Schiffsführer kann es mit jedem anderen Schiff, das wir kennen, aufnehmen. Seien Sie aber besonnen! Verwenden Sie die technische Überlegenheit Ihres Schiffes nicht eigennützig! Von Ihnen allen wird die Zukunft der Menschen abhängen, Sie sind es, die im Verborgenen über die Menschheit wachen müssen! Wir selbst werden nur stille Beobachter bleiben, die nur im äußersten Notfall eingreifen!« Uns allen bleibt die Luft weg! Erst jetzt begreifen wir wirklich, warum uns dieses Volk mit so viel Wissen vertraut gemacht hat! Unsere Aufgabe soll es sein, Polizei und Beschützer der Menschheit zu sein. Einige von uns sind sich ihrer Sache nicht mehr so sicher, es ist alles ein bisschen viel auf einmal, um es zu verarbeiten! »Wann dürfen wir unsere Untersätze testen?«, will Aldrich wissen. »Es kann sofort losgehen, meine Herrschaften! Ich teile Ihnen nur noch einen technischen Offizier von uns zu, und schon können Sie loslegen!«, ist die Antwort Ak`Gions. »Die Einteilung der Teams ist wie folgt: Ursa mit Cecen und Finn, Drake mit Berger, Aldrich mit Trump, Klein mit Rain und Michels mit Steiner. Bitte gehen Sie es zuerst langsam an! Außer Cecen ist noch niemand von Ihnen mit etwas Vergleichbarem geflogen. Halten Sie sich an die Anweisungen Ihrer technischen Offiziere. Also Hals und Beinbruch, wie Ihr auf der Erde sagt!«

Man kann aus den gespannten Gesichtern des Hohen Rates und Ak`Gions eine gewisse Skepsis herauslesen, ob wir es überhaupt schaffen, unsere Schiffe aus dem Hangar zu manövrieren. Wider Erwarten funktioniert alles beinahe perfekt. Drake und Klein mit ihren Schiffen zeigen ein paar Unsicherheiten, aber kein Wunder, haben beide doch fast keine Pilotenerfahrung. Ich dagegen mit Cecen an meiner Seite habe leichtes Spiel mit der Lucky Star, trotz aller Umbauten. Die folgenden Tage werden von allen Teams genützt, sich mit den Schiffen vertraut zu machen. Ab dem 3.Testflug können alle auf den Technikoffizier verzichten, was Ak`Gion etwas verblüfft. Die Raffinessen und Leistungen der Schiffe stellen alles Vorstellbare in den Schatten, damit zu fliegen macht süchtig. Am 5. Testtag besucht uns Rey Meyesty in Begleitung von Erki`Makey. Sie verfolgen unsere Übungen mit den Schiffen und nicken dabei zuversichtlich. Erki` macht eine kurze Bemerkung zu Klein: ››Ich hoffe, dass Du und deine Freunde nicht vergessen habt, dass es außer ein Raumschiff zu pilotieren noch anderes Wichtiges gibt. Morgen müsst ihr eure Prüfungen ablegen!‹‹

››Admiral, ein sich nicht zu erkennen gebender Flottenverband hat in der Nähe des Saturn Stellung bezogen! Sollen wir etwas unternehmen?‹‹ ››Wenn keine unmittelbare Gefahr für uns besteht, nur auf die 1. Alarmstufe gehen, bei der gespannten Situation wollen wir keinen herausfordern! Sollte sich der Verband nähern, volle Alarmbereitschaft und alle Waffen scharfmachen! Ich möchte keine Überraschung wie auf den Marsmonden!‹‹ Die Gedanken, die Admiral Watsons am meisten quälen, sind die, was wohl aus Michels und Ursa Bone geworden ist. Seit vielen Wochen sind sie überfällig! „Sind sie überhaupt noch am Leben oder hat sie Grant schon erwischt? Grant, garantiert steckt Grant hinter dem Flottenverband bei Saturn, was hat er vor?“ Der Klingelton am Eingang zur Zentrale weckt den Admiral aus seinen Gedanken. „Mal sehen, wer da kommt.“ ››Hallo Paps! Wer hat Dir die Suppe versalzen? Du siehst so aus, als könntest Du ein paar aufmunternde Worte vertragen.‹‹ ››Kleines, mir steht der Kopf, ich weiß nicht wo, alles sieht so bedrohlich aus! Es braut sich eine gefährliche Situation zusammen. Ich möchte, dass Du mit Barnes, der Dich schützen wird, diese Station verlässt! Es ist nicht mehr sicher hier. Ihr begebt euch unerkannt auf das Versorgungsschiff, das heute mit Kurs Richtung Erde ablegt. Du wirst dafür sorgen, dass Minister Ward eine Kopie der Daten, die du entwendet hast, bekommt!‹‹ ››Aber Paps, ich lass Dich nicht alleine hier zurück, ich möchte bei Dir bleiben!‹‹ ››Keine Widerrede, Du fliegst heute!‹‹

ZURÜCK INS SOLARSYSTEM ››Gratuliere, Freunde! Ich habe soeben Eure Prüfungsergebnisse erhalten und es sieht gut aus! Zwei, von denen ich zuerst nicht gedacht habe, dass sie es überhaupt schaffen, haben mit Auszeichnung bestanden! Alle anderen haben gut beziehungsweise befriedigend abgeschlossen. Cecen ist die Ausnahme, ihm gebührt eine besondere Auszeichnung! Nicht nur, dass einige von Ihnen mit seiner Hilfe durch die Schulungen gekommen sind, sondern er hat die höchste Punktezahl der letzten zehn Jahre erreicht!‹‹ Die Augen Cecens glänzen mehr als sonst. Sind das Natrilltränen aus Freude über seinen Erfolg? Ich bin sehr stolz, Cecen als meinen Freund bezeichnen zu dürfen! Mit ihm und Finn sind wir ein beinahe unschlagbares Team. Ak` setzt seine Ansprache, unsere Prüfungsergebnisse betreffend, fort: ››Bei der körperlichen Fitness haben einige von Ihnen noch Aufholbedarf. Trotzdem bin ich zufrieden mit dem, was Ihr alle in den letzten Monaten geleistet habt! Ich kann Sie mit ruhigem Gewissen in Ihre Heimat zurücklassen. Selbst der Schwächste von Ihnen ist jedem normalen Menschen weit überlegen! Eine Abschlußprüfung wie in den geistigen Fächern finde ich nicht für notwendig, da von Euch allen beinahe immer Euer Bestes gegeben wurde! Manchmal sogar mehr, wie ein paar von Euch leidvoll spüren mussten.‹‹ Drake und ich sehen uns in die Augen, seine Gedanken mussten dieselben sein: "Ak`, dieser Schinder! Jedes Mal, wenn ich dachte, ich hab ihn, verpasste er mir eine schmerzliche Abreibung!" ››Mein Freund Mick Aldrich ist, abgesehen von Cecen, ein außergewöhnlicher Kämpfer! Wenn er zehn Jahre so weitermacht, kann er mich vielleicht einmal schlagen, hahaha.....!‹‹ ››Und wenn Du so weitermachst, Ak`, kannst Du gleich eine auf deine vorlaute Schnauze haben, hahaha...!‹‹ Aufgrund unseres schulischen Erfolgs ist die Stimmung gut. Das leise Geräusch der sich öffnenden Tür unterbricht uns bei unseren Gesprächen. Rey Meyesty und alle vom Hohen Rat in seinem Gefolge, kommen in den Raum in dem wir uns aufhalten. Jeder von ihnen hat eine Uniform eines Schattenkriegers, der Sternenflotte von Makateh, in seinen Händen. Rey Meyesty macht Anstalten uns eine Rede zu halten: ››Fräulein Bone, ich möchte Ihnen persönlich zu ihrem schulischen Erfolg gratulieren! Natürlich gilt das auch für alle anderen, aber „Ladys first“, wie auf der Erde. Wir vom Hohen Rat haben uns entschlossen, Ihnen allen die Bürgerschaft auf Makateh anzubieten! Wer von Ihnen dieses Angebot annimmt, ist nicht nur den Menschen oder den Natrill, wie in Cecens Fall, verpflichtet, derjenige ist im gleichen Maße unserem Volk verpflichtet! Als Zeichen unserer Achtung Ihnen gegenüber überreichen wir denjenigen, die einen Eid auf die Bürgerschaft Makatehs leisten, diese Uniform eines Sternenkriegers im Range eines Leutnants in unserer Flotte. Sollten Sie Bedenken haben, unser Angebot steht bis morgen um dieselbe Zeit!‹‹ Von keinem kommen irgendwelche Einwände, jeder fühlt innerlich welche Ehre ihm hier zuteil wird! Nach kurzer Stille fährt Rey Meyesty mit der Zeremonie fort. Uns wird der Eid auf Makateh und alle Welten und Völker dieses Sternenstaats abgenommen. Im Gegenzug überreichen uns die Mitglieder des Rates unsere Uniformen. Erki` Makey lässt es sich nicht nehmen, Alex Klein selbst den Eid abzunehmen und ihm seine Uniform zu überreichen. Dabei küsst sie ihn auf die Stirn. Die Gerüchte über die Beiden finden hier ihre Bestätigung. Es ist richtig nett zu sehen, selbst unser Casanova Klein bekommt noch einen roten Kopf aus Verlegenheit. Aber scheinbar ist Klein nicht der einzige Glückliche, meinem Cousin Drake passiert dasselbe mit unserer Techniklehrerin SurÈlem. Davon wussten wir alle nichts. Rey Meyesty ergreift erneut das Wort: ››Ich möchte alle zu einer kleinen Abschiedsfeier auf mein Anwesen einladen! Zuvor möchte ich Sie um 19 Uhr unserer Zeit verabschieden und Sie mit ihren neuen Aufgaben vertraut machen. Anschließend stehen Ihnen die Einrichtungen meines Hauses mit allen Annehmlichkeiten zur Verfügung. Also bis 19 Uhr!«

Pünktlich um 19 Uhr eröffnet Rey Meyesty die kleine Feier. Er erklärt uns, was er von der Zukunft erwartet und welche Rolle wir in seinen Plänen spielen. Da wir am nächsten Tag am frühen Morgen in Richtung Erde aufbrechen wollen, zieht Rey Meyesty unsere Verabschiedung vor. »Ich möchte mich im Namen aller im Rat von Ihnen verabschieden und Ihnen viel Glück und Erfolg bei den Ihnen anvertrauten Aufgaben wünschen! Jetzt aber weg vom Offiziellen! Feiern wir ein wenig und führen ein paar sinnvolle Gespräche, die in der Zukunft Früchte tragen.« Alle vom Hohen Rat sind anwesend. SurÈlem und Erki` Makey übertreffen alles, was sich ein Mann in seiner Fantasie vorstellen kann. Aus Alex' und Drakes Verhalten kann man erkennen, wie stolz sie sind, die Aufmerksamkeit und Zuneigung dieser Schönheiten zu haben. Im Laufe des Abends kristallisieren sich dieselben Gruppierungen heraus, wie sie schon während des gesamten Aufenthalts hier auf Makateh waren. Mit wem sich Alex und Drake unterhalten, wissen wir. Ak`Gion, Mick Aldrich und Edi Michels sprechen über die Politik der Großmächte auf der Erde, die eine unsichere Zukunft heraufbeschwören. Mit Fred Berger, Andy Rain, Martin Trump und Robert Steiner haben sie aufmerksame Zuhörer. Cecen spielt mit Finn Räuber und Gendarm, Cecen ist der Räuber, Finn der ihn fassende Gendarm. In letzter Zeit komme ich mir manchmal einsam vor. Finn schenkt Cecen beinahe mehr Aufmerksamkeit als mir. „Ist da ein bisschen Eifersucht in mir? Aber nein, das liegt wohl eher daran, dass ich oft an den Admiral denke! Roman ist ein netter Kerl. Ich mag ihn, aber der Altersunterschied? Ach was, wenn man sich versteht spielen ein paar Jahre mehr keine Rolle! Obwohl, wenn ich wiederum überlege, seine Tochter ist nur ein paar Jahre jünger als ich... Wieso zerbreche ich mir darüber den Kopf, ist doch alles so weit weg!“ Im Hintergrund höre ich wie Rey Meyesty zu Cecen spricht: »Cecen, darf ich Ihre Zeit in Anspruch nehmen? Ich müsste mit Ihnen über ein paar Dinge sprechen, für die ich keine Antworten habe.« »Fragen Sie mich, ich werde Ihnen gerne antworten, wenn ich kann!« Finn gesellt sich wieder zu mir, er merkt sofort, dass er in Cecens Aufmerksamkeit nicht mehr die Nummer 1 ist. Über eine Stunde unterhalten sich Cecen und Rey Meyesty, worüber, das bleibt ihr kleines Geheimnis.

Am darauf folgenden Morgen beim Frühstück ist die Stimmung etwas gedämpft. Irgendwie hatte sich jeder mit dieser Welt angefreundet, keiner freut sich wirklich, in das Solarsystem zurückzukehren. Pünktlich um 7 Uhr Ortszeit bringt uns Ak`Gion zu unseren Schiffen. Im Hangar der Schiffe ist nur das übliche Wartungspersonal. Bei einigen von uns sieht man die Enttäuschung in ihren Gesichtern. Insgeheim hatte doch jeder gehofft, dass beim Abflug ein paar der Lieb gewonnenen dieser Welt anwesend wären. »Ak` an Besatzungen der Schiffe Lucky Star 1 – 5: Sie haben die Freigabe für den Flug zur Erde! Passt auf Euch auf, ich will jeden gesund wiedersehen!« »Darauf kannst Du dich verlassen, Ak`, ich schulde Dir noch eine Abreibung, hahaha....!« Mick Aldrichs Humor hat sich wieder eingestellt, dann kann es ja losgehen!

Die Hangarschleuse öffnet sich. In diesem Moment erscheint ein überdimensionales Hologramm, auf dem alle vom Rat der Zehn zu sehen sind! Erki Makey meldet sich zu Wort: »Ak` hat es schon gesagt, kommt gesund wieder! Hals- und Beinbruch, wie Ihr auf der Erde sagt, von uns allen! Ich liebe Dich, Alex!« Erki` kann ihre Tränen kaum unterdrücken. Bei SurÈlem ist ein leichtes Augenzwinkern in Richtung Drake zu sehen, mit der Bemerkung: ››Wenn Du das Gute in mir siehst, komm zu mir zurück!‹‹ ››Michels an alle, wir starten, bevor noch jemand weint und einen Seelentröster braucht! Zielpunkt Orbit um Triton!‹‹

DER HINTERHALT

Grant ist tief in seine Gedanken um die geplante Eroberung der US-Flottenbasis auf Ceres vertieft, als ihm die vertraute Stimme seines Adjutanten meldet: ››Admiral, die Verbindungen zu unseren Schiffen stehen, Sie können jetzt mit den betreffenden Kommandanten sprechen.‹‹ ››Danke, Leutnant! Sind die Verbindungen absolut sicher?‹‹ ››Ja, Admiral, keine Macht der Erde ist imstande die Codes zu knacken!‹‹ ››Gut so! An alle Kommandanten der Schiffe, die uns zugeschaltet sind, hier spricht Admiral Martens, Ihr Oberbefehlshaber! Diese Besprechung ist mit absoluter Geheimhaltung zu behandeln! Wir werden die Flottenbasis der USA auf Ceres in unsere Gewalt bringen! Ich persönlich leite einen Bodenangriff mit einer Spezialeinheit, um das Kommando auf dieser Basis zu übernehmen. Sie, meine Herren, haben dafür zu sorgen, dass keines der dort stationierten Schiffe uns dazwischen kommt! Sie haben von mir den Befehl, jedes der Schiffe zu zerstören, das sich in einem Radius von 5 Millionen km um Ceres aufhält! Ihr Schiffsverband ist kein offiziell anerkannter eines Staates. Wir wollen unerkannt bleiben, also entfernen Sie alle Hinweise, die Ihre Schiffe der Company zuordnen lassen. In 7 Tagen Erdzeit beginnt die Aktion! Die genauen Instruktionen werden Ihnen codiert übermittelt, nehmen Sie ihre Positionen ein und handeln Sie genau nach Plan. Wenn noch jemand Fragen hat, jetzt ist die letzte Gelegenheit vor dem Tag X!‹‹ ››Admiral, wie sollen wir uns Schiffsbrüchigen gegenüber verhalten, die es aus den Kampfhandlungen sicher geben wird?‹‹ ››Sie selbst dürfen niemanden bergen, das überlassen wir den offiziellen Frachtschiffen auf unserem Tankstützpunkt auf Ceres! So steht unser Arbeitgeber sogar als Retter da! Ist sonst noch etwas unklar?‹‹

Keiner der Kommandanten will noch eine Frage stellen, die ihn in Misskredit beim Admiral bringen könnte. Grant lehnt sich zufrieden in seinen Sessel zurück, alles läuft, wie er sich das vorstellt. Seit Wochen hat keiner seiner untergebenen Offiziere Zweifel an seinen Entscheidungen geäußert. Es kann eigentlich nichts schiefgehen. Seit er auch die Tochter Watsons in seinem Gewahrsam hat, fühlt er sich noch sicherer. Seine Agenten haben gute Arbeit geleistet und die zur Erde Reisende mit ihrem Leibwächter aufgespürt und geschnappt! Watson glaubt, er weiß alles. Aber dass das Schiff, mit dem seine Tochter und dieser Barnes unerkannt zur Erde reisen wollten, der Company gehört, hat er wohl nicht bedacht, Ironie des Schicksals! Frühestens am Tag X kann Watson feststellen, dass seine Tochter nicht auf der Erde angekommen ist. „Es läuft perfekt für mich!“ denkt Grant.

››Fräulein Sally, wie geht es Ihnen? Kann ich etwas für Sie tun?‹‹ ››Danke Rene, es geht. Du bist viel schwerer verletzt, ich muss etwas für Dich tun!‹‹ Beim Übergriff auf die Beiden erlitt Barnes mehrere Verletzungen, eine im Bereich des Unterleibs sieht sehr bedrohlich aus. Auch Sally, die sich mit allem wehrte, was sie hatte, wurde der Unterarm gebrochen. ››Rene, Du hast mich überrascht! Wie Du dich für mein Leben eingesetzt hast, toll! Paps wäre stolz auf Dich! Komm, lass mich deinen Verband wechseln, wir wollen doch keine Infektion riskieren.‹‹ Die Verletzungen scheinen doch ernster zu sein als Barnes zugeben will. Beim Verbandwechsel verliert er das Bewusstsein. In Sallys Gesicht bilden sich Sorgenfalten. Sie hofft, dass sie Rene Barnes durchbringt.

Stunden später: »Gott sei Dank, Rene, Du bist wieder bei Bewusstsein! Bitte erschreck mich nicht noch einmal so!« »Ich werde es versuchen, Fräulein Sally.« »Sag nur Sally zu mir, Rene! Es wird Zeit, dass auch Du mich mit Sally ansprichst. Unsere Situation ist alles andere als gut! Wie ich aus den Gesprächen der Wachen mitbekommen habe, sollen wir als Druckmittel gegen meinen Vater eingesetzt werden. Das Schiff, auf dem wir hier gefangen sind, befindet sich irgendwo in der Nähe des Mars. Falls es für sie notwendig ist, sollen sie uns zu Ceres zurückbringen und mit unserem Leben Druck auf meinen Vater ausüben.« »Was kann ich tun, Sally, um unsere Situation zu verbessern?« »Gesund werden, Rene!«

Seit unserer Entführung sind sechs Tage vergangen, mein Arm ist dank neuester Medikamente beinahe ausgeheilt. Bei Rene sieht es auch schon viel besser aus, seit gestern kann er wieder auf seinen eigenen Beinen stehen. Wird Zeit, dass wir etwas unternehmen! »Wie geht es meinem tapferen Kämpfer? Ist er schon wieder zu neuen Taten bereit? Wir müssen aus unserem Gefängnis raus! Wenn wir Paps nicht warnen, werden diese Verbrecher mit ihrem Vorhaben Erfolg haben!« »Sally unterschätze deinen Vater nicht, der ist mit allen Wassern gewaschen! Wenn diese Verräter nicht sehr gute Leute haben, sind sie gegen den Admiral chancenlos.« »In einem normalen Konflikt vielleicht, aber nicht so! In Paps' Stab sitzen sicher noch ein paar von diesen Leuten.« Die Aktivierung des Antriebs ist zu hören, ihr Gefängnis setzt sich in Richtung Ceres in Bewegung.

»Admiral Watson, kommen Sie schnellstmöglich in die Kommandozentrale! Schiffe unbekannter Herkunft haben unsere Basis von der Außenwelt abgeriegelt!« Keine Minute später, komplett außer Atem, steht Watson in seiner Kommandozentrale. »Leutnant, Lagebericht!!« »Admiral, es haben sich 21 Schiffe eines unbekannten

Gegners um Ceres in Position gebracht! Alle Funkkanäle nach außen werden gestört, wir sind auf uns allein gestellt! Wir haben nur zwei Wachschiffe im Orbit - soll ich die anderen Einheiten starten lassen?‹‹ ››Auf gar keinem Fall! Die warten nur darauf, mit unseren Schiffen ein Preisschießen zu veranstalten! Die Wachschiffe sollen sich in Sicherheit bringen, das ist ein Befehl, Leutnant! Und beordern Sie alle wachhabenden Offiziere der letzten 7 Tage hierher, es muss jeder ausnahmslos kommen!!‹‹ Watson inspiziert die in Reih und Glied angetretenen Männer: ››Soso..., wer oder welche von Ihnen sind die Verräter, die es zugelassen haben, dass sich der Feind vor meiner Haustür positionieren konnte? Die mögen jetzt vortreten!‹‹ Nichts rührt sich, man hätte eine Stecknadel fallen hören. ››Ich sage es nur noch einmal! In spätestens 5 Minuten kann ich es sowieso aus den Gesichtern der Verantwortlichen ablesen! Die letzte Chance, vortreten!‹‹ Keiner gibt sich als Verräter zu erkennen! Der Admiral geht die angetretene Reihe der Männer mehrmals ab, sieht jedem Einzelnen in die Augen. Einer fällt ihm besonders auf, aber er weiß, es müssen mindestens drei Männer verantwortlich sein. In seinen Gedanken: „Es sind sechs Männer, alle werden sie wohl nicht Verräter sein! Versuchen wir was..." Er zeigt auf einen der Angetretenen: ››Wachen! Diesen Mann in die Luftschleuse, aber ohne Raumanzug!‹‹ ››Bitte nicht, Admiral! Ich sage Ihnen alles was ich weiß, auch was Grant vorhat!‹‹ Kurze Zeit später weiß Watson, wer die Verräter in seinem Stab waren und dass Sally mit Barnes in der Gewalt von Grant ist. Was den Admiral am meisten beunruhigt, außer der Sorge um seine Tochter, ist die Aussage des Verräters, dass sich bereits eine Kommandoeinheit unter Grants Führung auf seinem Stützpunkt eingeschlichen hat. Und sie kann jede Minute zuschlagen!

››Leutnant, sofort die gesamte Basis in höchste Alarmbereitschaft versetzen! Und schalten Sie mir einen Kanal frei, damit meine Befehle jeder auf unserem Stützpunkt verstehen kann!‹‹ ››Admiral, Sir, Sie können sprechen, die Verbindung in alle Sektionen der Station steht!‹‹ ››Danke, Leutnant! Hier spricht der Kommandant dieser Station, Admiral Watson. Ab diesem Zeitpunkt herrscht Kriegszustand auf Ceres! Alle Mannschaften haben sich sofort auf ihren Posten einzufinden! Es sind Verräter unter uns, jeder sich verdächtig Verhaltende ist sofort ohne Ausnahme vorübergehend zu inhaftieren! Sicheren Quellen zufolge soll sich schon eine Kommandoeinheit unter der Führung des Verräters Grant, eines früheren Leutnants von General Michels, auf der Station eingeschlichen haben. Jeder von der Besatzung ist befugt, gegen die Verräter ohne Rücksicht vorzugehen! Das Leben aller auf dieser Station steht auf dem Spiel, Grant kann keine Zeugen brauchen. Grant, haben Sie mich gehört? Kommen Sie aus Ihrem Hinterhalt heraus, Sie feiger Verräter, dann können wir von Mann zu Mann abrechnen! Aber was ich von Ihnen gehört habe, können Sie ja nur Wehrlose aus dem Hinterhalt ermorden!‹‹ Der Admiral weiß genau, dass seine Worte nicht spurlos an Grant vorbeigehen.

Grant befällt eine innere Unruhe, Angst macht sich in seinen Gedanken breit. Er hatte doch alles so gut geplant, wieso konnte Watson so schnell alles durchschauen? Einer seiner Leute muss geplaudert haben! „Was weiß Watson alles? Ich muss schnell handeln!“, denkt Grant. ››An alle Einheiten, sofort nach Plan X vorgehen, Admiral Martens!‹‹

In der Nähe des Mars: ››Schnell Sally, irgend etwas läuft nicht nach Plan für unsere Kidnapper! Wir müssen die Verwirrung ausnützen, versuche die Wache abzulenken!‹‹ ››Wache, schnell! Ich brauche Ihre Hilfe, mein Freund hat einen Epi-Anfall!‹‹

Rene spielt seine Rolle sehr gut, sein ganzer Körper zuckt

wie wild und der Speichel fließt ihm aus den Mundwinkeln. Wüsste ich es nicht besser, wäre ich genauso auf Renes Theater hereingefallen.

››Miss Watson, treten Sie zurück in die Ecke Ihrer Zelle, ich werde versuchen Ihrem Freund zu helfen. Machen Sie keine Dummheiten, sonst muss ich Sie erschießen!‹‹ Der Wachhabende beugt sich über den immer noch zuckenden Körper von Barnes. In dem Moment, als er den Notfallkoffer öffnen will, handelt Barnes. Mit einem gezielten Schlag an die Kehle setzt er die Wache außer Gefecht. Sally muss nur noch den nach Luft japsenden Mann mit seinen eigenen Handschellen an das Zellenbett fesseln.

››Rene, schnell, nimm die Waffe der Wache! Wir schlagen uns zum Beiboothangar durch, dort versuchen wir, eine der Landefähren zu kapern. Paps kann dann viel unbeschwerter gegen diese Leute vorgehen, wenn er weiß, dass wir nicht mehr in der Gewalt dieser Verbrecher sind.‹‹ ››Sally, nimm Du die Waffe, Du musst uns notfalls den Weg freischießen! Ich muss sehen, dass ich so auf den Beinen bleibe. Bei schnellen Bewegungen habe ich noch Probleme mit meiner Verletzung.‹‹ ››Rene, stütz dich auf mich, wir schaffen das gemeinsam! Wäre doch gelacht, wenn die uns unterkriegen!‹‹

Auf den Gängen im Schiff herrscht wildes Durcheinander, die Vorverlegung von Plan X durch Grant trifft die Besatzung unerwartet früh. Keiner beachtet in der Aufregung Sally und Rene. Beide stehen schon vor dem Eingang zum Beiboothangar, als aus den Lautsprechern die Meldung über ihre Flucht kommt: ››Alarm! Die Gefangenen sind entkommen, vermutlich sind sie auf dem Weg zum Flugdeck, alle Zugänge zu den Hangars verriegeln!‹‹

Der Wachehabende am Eingang zum Hangar hat keine

Chance, bevor er überhaupt reagieren kann, setzt Sally ihn mit einem gezielten Schuss außer Gefecht. 10 Sekunden später verschwinden Rene und Sally in der Luftschleuse eines der Beiboote. »Rene, wie geht es Dir?« »Geht schon, Sally! Schau, dass Du uns schnell raus bringst, sonst zerschießen sie uns das Schiff!« Während Sally die Triebwerke startet, lädt Rene die Waffenbänke des Beibootes. Dann schießt er auf das Flugdecktor, das die Flucht der beiden verhindert. Ohne Rücksicht auf das eigene Schiff eröffnen einige der im Hangar anwesenden Besatzungsmitglieder das Feuer auf die flüchtende Landefähre. Das Beiboot muss mehrere schwere Treffer einstecken, mit nur noch einem funktionierenden Triebwerk gelingt die Flucht durch das zerschossene Hangartor.

»Schnell, nehmen Sie die Verfolgung auf Leutnant, die Tochter des Admirals und ihr Begleiter darf uns nicht entkommen!«, kommt der Befehl des Kommandanten.

»Rene, was ist los, warum höre ich nichts von Dir? Rene, antworte endlich!« Sally dreht sich nach Rene um. Aus den Augenwinkeln erkennt sie, dass Rene bewegungslos am Boden liegt! Sofort springt sie aus dem Pilotensessel, um nach ihrem Kampfgefährten zu sehen. Mit Entsetzen stellt Sally fest, dass es Rene erneut erwischt hat! Im Oberschenkelbereich klafft eine stark blutende Wunde. Beim Schließen der Eingangsschleuse musste ein Querschläger Rene verletzt haben. »Rene, tu mir das nicht an, ich brauche Dich!«

TRILLON

»Hoheit, Euer ergebener Diener, Admiral Cokek, möchte eine Bitte vorbringen.« »Habe ich nicht gesagt, Admiral Cokek ist immer und zu jeder Zeit zu mir vorzulassen? Sollte es noch einmal vorkommen, dass Admiral Cokek warten muss, werden sich die

Verantwortlichen in einem Straflager wiederfinden. Und jetzt bittet den Admiral herein!«

Den Politikern, die sich gerade in einer Besprechung mit der Königin befinden, wird durch die Reaktion der Monarchin aufs Neue bewusst, welch hohen Stellenwert Cokek im Natrillimperium hat.

»Mein geschätzter Admiral, was kann ich für Sie tun? Sprechen Sie, das Natrillvolk schuldet Ihnen eine ganze Menge!« »Meine Gebieterin, ich möchte Euch bitten, mich aus der Position des Oberbefehlshabers aller Ihrer Waffengattungen zu entbinden! Selbstverständlich würde ich, wenn es erforderlich ist, dem Natrillimperium als Berater dienen! Ich bin alt und müde geworden, was mich zu dem Entschluss geführt hat, meine Position für einen Jüngeren zur Verfügung zu stellen.« »Admiral, wie stellen Sie sich das vor?! Wir haben niemanden, der auch nur annähernd die Qualitäten hat, Ihre Position auszufüllen! Seit unser Volk zu den Sternen reist, hat es keinen gegeben, der mit Ihnen vergleichbar wäre. Solange Sie mir keinen Nachfolger präsentieren können, der meine Zustimmung hat, kann ich Sie nicht gehen lassen!« »Meine Gebieterin, ich bin über Ihre Wertschätzung sehr glücklich, doch was die Qualitäten eines Nachfolgers für mich betreffen, da hätte ich einen Vorschlag. Einen Mann den ich als sehr besonnen, ehrlich, intelligent, verlässlich und vor allem loyal, mir und dem Imperium gegenüber, kennengelernt habe!« »Admiral Cokek, wie heißt dieser Mann und wieso habe ich noch nie von ihm gehört?«, will die Monarchin wissen. Cokek antwortet prompt: »Ich möchte auch die anwesenden Politiker bitten, gut aufzupassen, was ich jetzt zu sagen habe! Der Mann, von dem ich gesprochen habe, heißt Zakok. Ja, Sie haben alle richtig gehört, Zakok!«

Alle im Thronsaal der Königin sehen sich verdutzt an.

Einen aus dem normalen Arbeitervolk zum Großadmiral zu ernennen, das geht über ihren Verstand! Nur Angehörige von Adelsfamilien sind seit Bestehen des Imperiums in solche Positionen gekommen! Der Kanzler der Natrillregierung, Cerkant, meldet sich zu Wort: »Exzellenz Cokek, ich möchte Ihre Beurteilung nicht in Frage stellen. Zakok ist zwar seit drei Monaten Vizeadmiral, seine Erfahrungen beruhen aber nur darauf, 17 Jahre Ihr Adjutant gewesen zu sein!« Die Königin enthält sich der Diskussion, hört aber dem Gespräch gespannt zu, um die verschiedenen Argumente abzuwägen.

Cokek hat mit Kanzler Cerkants Einwand gerechnet, politisch gewandt kommt seine Antwort: »Mein lieber Kanzler Cerkant, glauben Sie mir, mir ist nicht entgangen, dass Sie Ihren Sohn als meinen Nachfolger vorgesehen haben! Er ist ein guter Mann, aber dem Vergleich mit Zakok hält er nicht stand. Was die Erfahrung angeht: Zakok pilotierte 17 Jahre lang mein Flaggschiff und er hat mein Schiff und mich aus manch brenzliger Situation herausmanövriert. Dies trug zu manchem Sieg bei, der ohne ihn nicht möglich gewesen wäre. Die Kaltschnäuzigkeit und seine guten Nerven bei gefährlichen Situationen sind eine seltene Gabe. Er ist der Richtige für meine Nachfolge! Ich, Cokek, möchte Eure Majestät bitten, meinem Anliegen nachzukommen!« In den Augen des Kanzlers kann Cokek ablesen, dass er in ihm nun keinen Freund gewonnen hat. Die anderen Mitglieder der politischen Führung haben keine Einwände gegen Cokeks Worte, zumindest nicht offiziell.

Die Königin denkt noch kurz nach, dann fragt sie Cokek: »Admiral, sind Sie sich dessen bewusst, dass eine solche Entscheidung die Grundprinzipien unseres Volkes erschüttert? Da aber mehrheitlich nichts gegen Ihren Vorschlag eingewendet wird, werde ich Ihrer Bitte nachkommen. Sie werden Zakok die nächsten 300 Tage auf seiner Position als Berater beobachten. Sollte alles glatt laufen mit "Admiral Zakok", werden Sie ihm das Kommando als Großadmiral persönlich übergeben. Dann steht Ihrem Ruhestand nichts mehr entgegen! Nur eines noch, Cokek: Sollte eine schwerwiegende militärische Krise eintreten, werde ich Sie als meinen persönlichen Berater hinzuziehen! Und nun dürfen Sie gehen und alles in die Wege leiten, Admiral Cokek! Ich möchte mich nun zurückziehen und über die heutigen Gespräche nachdenken. Morgen werde ich persönlich meine Entscheidungen allen Abgeordneten mitteilen.«

Der Admiral ist zufrieden. Wieder einmal hatte er erreicht, dass die Politiker den Kürzeren zogen! Nur eines beschäftigt ihn, Zakok weiß nichts von seinem Aufstieg. Cokek hat einfach ohne seine rechte Hand zu fragen gehandelt und Zakok in eine Position manövriert, die er vielleicht gar nicht will. Seit dem Treffen mit den Schattenkriegern denkt Cokek ein wenig anders über Sinn und Sein des Lebens. Innerlich hat er den Wunsch, Makateh, die sagenumwobene Welt der Schattenkrieger, kennenzulernen. Seine primären Gedanken sind sowieso bei seinem Neffen Cecen, den er, wenn alles nach Plan läuft, in 4 Tagen wiedersehen wird.

»Admiral, wohin darf ich Sie bringen?«, fragt der wartende Pilot von Cokeks Privatgleiter. »Bringen Sie mich zu Vizeadmiral Zakok.«

»Wer läutet mich um diese Zeit noch aus dem Schlaf? Einen Moment, ich komme gleich!« Zakok staunt nicht schlecht, als Admiral Cokek vor der Tür steht. Scherzhaft meint er: »Ich hoffte, ein nettes Mädchen steht vor der Tür! Aber Sie sind natürlich auch willkommen, Admiral, kommen Sie herein!«

Es dauert die halbe Nacht, bis Cokek Zakok überzeugen

kann, dass nur er der Richtige für seine Nachfolge ist. Abschließend meint Cokek: ››Mein Freund, morgen am späten Nachmittag fliegen wir in das Sonnensystem der Menschen. Wir werden zwar einen Tag zu früh da sein, aber dann haben wir wenigstens Zeit, diese Menschen ein wenig zu studieren, bevor ich meinen Neffen wieder treffe. Teile bitte dieselben fünf Männer wie das letzte Mal ein, ich möchte keine neuen Mitwisser. Unseren Ausflug habe ich als Trainingsexpedition, zur Ausbildung unseres neuen Flottenchefs, angemeldet. Jetzt muss ich aber gehen, sonst verschlafe ich noch unseren Abflug. Bis morgen, Zakok!‹‹ ››Bis morgen, Admiral! Ich werde Sie zur vereinbarten Zeit mit meinen Leuten erwarten - und danke noch einmal für Ihr Vertrauen!‹‹

Pünktlich wie verabredet startet die Expedition Richtung Erde. Ein ungewollter Beobachter meldet sofort Kanzler Cerkant den Abflug Cokeks. Zakok selbst übernimmt die Navigation und das Steuern des Schiffes, um dem Rest der Besatzung keine Daten über die Position des Solarsystems zu liefern. Nach dem Rückflug von ihrem letzten Besuch im System der Menschen hat er vorsorglich alle Speicher zerstört und durch neue ersetzt. Übervorsichtig kontrolliert er alle Ortungssysteme des Schiffes. ››Habe ich es mir doch gedacht, Admiral! Einer Ihrer politischen Gegner hat uns einen Spion an die Fersen geheftet!‹‹ ››Zakok, schalten Sie alle Systeme auf Null! Mal sehen, wie viele Wanzen sie uns untergejubelt haben. Unserem Verfolger knallen Sie eine Frequenzbombe vor den Latz, die hält ihn für ein paar Stunden auf! Dann haben wir genug Zeit, um zu entwischen .‹‹ ››Tatsächlich Admiral, zwei Sender an der Außenhaut des Schiffes! Ein Mann mit Druckanzug in die Einstiegsschleuse und auf weitere Befehle warten!‹‹

Eine halbe Stunde später hat der Abkommandierte das Schiff von den Wanzen gesäubert, kurz darauf fliegt es Richtung Solarsystem weiter.

IN LETZTER SEKUNDE ››Rene, Schatz! Bitte gib ein Lebenszeichen von Dir! Du kannst mich jetzt doch nicht alleine lassen....... Lieber Gott, wenn es Dich gibt, bitte hilf mir!!‹‹

Mit allen Mitteln versucht Sally, Rene Barnes wiederzubeleben, aber nicht eines von den modernen Hilfsmitteln bringt Leben in den Körper von Rene zurück. In ihrer Verzweiflung versucht sie es mit der althergebrachten Herzmassage und Mund-zu-Mund-Beatmung. Zwei Minuten vergehen, nichts! Als sie schon erschöpft und weinend aufgeben will, ein Huster von Rene, Puls und Atmung haben wieder eingesetzt! Völlig fertig mit den Nerven setzt sie Rene einen Tropf, die stark blutende Wunde, die sie zuvor nur notdürftig verbunden hatte, verbindet sie neu.

››Rene, erschreck mich nie mehr so wie heute! Ich hatte solche Angst um Dich! Jetzt wird alles wieder gut.‹‹ Mit größter Anstrengung bringt Rene ein paar Worte hervor: ››Sally, wo sind wir? Bist Du in Sicherheit?‹‹ ››Noch nicht, aber mach Dir keine Sorgen! Da ich Dich jetzt wiederhabe, können sie mir nichts mehr anhaben.‹‹

››Captain, das Beiboot mit der Admiralstochter haben wir soeben mit unserem Traktorstrahl erfasst. In wenigen Minuten haben wir Sally Watson wieder in unserem Gewahrsam.‹‹ ››Sehr gut, Leutnant!‹‹

››Aik`, die Sache in der Nähe von Ceres wird langsam gefährlich für Watson und seine Männer! Wir können nicht warten, bis die Menschen das Selbst in die Hand nehmen, wir müssen eingreifen!‹‹ ››Du hast recht, Erk`! Unsere Freunde können in frühestens 27 Stunden von Makateh hier sein, das ist zu spät. Wir müssen im Kampf um Ceres etwas unternehmen!‹‹

Die Schiffe der Company haben die Basis auf Ceres unter Dauerfeuer, keines der dort stationierten Schiffe hat eine Chance aus den Bunkeranlagen zu starten, ohne dass es sofort vernichtet wird. Die beiden Zerstörer, die sich am Anfang der Blockade in Sicherheit gebracht hatten, versuchen verzweifelt die Eingeschlossenen zu unterstützen - bis ihnen die Übermacht des Gegners zum Verhängnis wird! Beide Schiffe verglühen in einem atomaren Inferno.

››Admiral Martens, es sieht so aus, als hätten wir die Basis auf Ceres bald unter unserer Kontrolle! Die Blockade steht, keiner kommt rein oder raus!‹‹ ››Gut so, Leute! Dann werde ich mir Watson vornehmen. Schickt mir alle verfügbaren Männer mit Landungsbooten auf die Basis herunter, dann sind wir in kürzester Zeit mit Watson und seinem Haufen fertig!‹‹ ››Dass du Dich da nur nicht täu-schst, Grant! Wenn Du Mumm in den Knochen hast, dann hoffe ich, dass Du an vorderster Front deiner Leute auf mich triffst! Bei einem solchen Arschloch wie Dir macht es mir besonders Spaß ihm den Hals umzudrehen! ‹‹, kommt Watsons Stimme über alle Funkfrequenzen seiner Basis. Im Gesicht von Grant bilden sich Schweißperlen, er verspürt ein Unbehagen in der Magengegend. Ohne die Verstärkung von seinen Schiffen steckt sein Angriff auf Watson fest.

››Eine Ortung, Erk! Ein Schiff verlässt den Überraum, der Signatur nach ist es ein Natrillkleinkampfschiff. Das kann nur Admiral Cokek sein! Versuchen wir eine Verbindung mit ihm herzustellen.‹‹ ››Admiral, eines der beiden Schattenschiffe, die wir geortet haben, versucht Kontakt zu uns aufzunehmen!‹‹ ››Öffnen Sie einen Kanal und informieren Sie Großadmiral Cokek!‹‹

Keine Minute später steht Cokek in der Zentrale seines Schiffes. Er will sofort informiert werden, was die Kampfhandlungen der Menschen zu bedeuten haben. Erk` als besserer Erzähler berichtete Cokek alles im grobem Umfang. Die Bemerkung des Admirals ist treffend: ››Mit den Menschen habt Ihr Euch nur Probleme aufgehalst, aber Ihr müsst ja selbst wissen, was Ihr tut!‹‹ ››Admiral, Ihr Neffe wird in knapp 23 Stunden Erdzeit in diesem System eintreffen. Wir bitten Sie, uns in der Zwischenzeit bei diesem Konflikt zu unterstützen! Es wäre ein Leichtes für uns, die Angreifer einfach zu zerstören, wir wollen sie aber nicht töten. Deshalb müssen wir ihre Schiffe nur kampfunfähig schießen. Aber da es über 20 sind, wird die Zeit knapp, unseren Freunden zu helfen.‹‹ ››Ihr Schattenkrieger seid schon ein seltsames Völkchen! Euer Verhalten ist mir manchmal nicht verständlich, aber ich werde Euch trotzdem helfen. Was soll ich für Sie unternehmen, Aik`Makey?‹‹ ››Fangen Sie die Landungsboote ab, bevor die Krieger der Menschen in die Basis auf dem Zwergplaneten eindringen können!‹‹ ››Makey, Ihnen muss aber klar sein, dass ich meine Krieger keiner unnötigen Gefahr aussetze! Wenn ihr Leben in Gefahr sein sollte, werden sie mit allen ihnen zur Verfügung stehenden Mitteln gegen die Menschen vorgehen!‹‹ ››Ich respektiere Ihre Bedingungen! Gehen Sie nach eigenem Ermessen vor, Admiral und passen Sie auf sich auf!‹‹ ››Bis morgen, Makey! Ich hoffe, Sie haben ein gutes Fläschchen aus den Kellern des Rates richtig temperiert, hahaha...‹‹

››Der Admiral wird mir immer sympathischer, Aik`! Ich habe gar nicht gewusst, dass Natrill so viel Humor haben.‹‹

››Dann werden wir unseren Schattenfreunden mal aus der Patsche helfen! Schiff in Kampfbereitschaft versetzen, alle an Bord in die Druckanzüge, bewaffnen für Außeneinsatz! Sie, Zakok, bleiben an Bord und gehen in einen Orbit um diesen Zwergplaneten. Im Notfall geben Sie uns Feuerschutz, das ist ein Befehl!‹‹ Cokek weiß genau, was

Zakok denkt, aber er, der alte Admiral, ist entbehrlich. Zakok hingegen bedeutet für das Natrillimperium die Zukunft! Wenn es auch noch keiner begriffen hat, er Cokek weiß es. ››Zakok, setze uns in der Nähe der gesprengten Schleusen der Basis ab! Nachher gehst Du in einen sicheren Orbit. Du darfst auf keinen Fall dein Leben für uns einsetzen, Du bist für unser Volk unersetzlich!‹‹

Unglaublich, wie Zakok das Schiff durch das Sperrfeuer der Angreifer manövriert! Beim Anflug findet er sogar noch die Zeit, einige der Landungsboote abzuschießen. Kaum hat Cokek mit seinen 5 Kriegern den Boden von Ceres unter seinen Füßen, ist Zakok auch schon wieder aus dem Gefahrenbereich der angreifenden Schiffe.

››Männer, zeigt, was Ihr könnt! Primärziel ist es, keinen der Angreifer in die Basis eindringen zu lassen! Unsere Kampfhandlungen beschränken sich ausschließlich auf den Außenbereich der Station! Passt gut auf, ich möchte keinen verlieren!‹‹ Langsam werde ich sentimental, höchste Zeit, dass ich mich aus diesem Geschäft zurückziehe! Meine Gedanken sind nicht mehr dieselben wie früher als junger Cokek.

››Wo bleibt die Verstärkung, Leutnant? Unsere Leute müssten doch schon da sein!?‹‹ ››Admiral Martens, unsere Landungstruppen stoßen vor den Eingängen auf massiven Widerstand! Unsere Leute werden von irgendwelchen Elitekämpfern abgeschlachtet!‹‹ Grant alias Martens weiß nicht, wie ihm geschieht! Seine Informanten hatten nichts von dieser angeblichen Eliteeinheit Watsons berichtet! „Was läuft da schief? Ich muss Watson jetzt angreifen, mir läuft die Zeit davon!“ ››Frontaler Angriff auf die Zentrale Watsons, das ist ein Befehl, Admiral Martens!‹‹

Cokek fühlt sich wieder jung. Inmitten seiner Krieger kämpft er, als hätte er nie etwas anderes getan. Keiner seiner Männer hätte dem Admiral das zugetraut! Sekunden später explodiert eine Granate über den Köpfen der Natrill, zwei von Cokeks Kampfgefährten werden verletzt! Er selbst kümmert sich um die Verletzten. Dabei bemerkt er, dass er selbst einen Splitter im Brustbereich abbekommen hat. „Nur nichts anmerken lassen!“ sind sein Gedanke „Ist ja nicht weiter schlimm.“ ››Admiral, die Landungsboote ziehen sich zurück!‹‹ ››Gut, Männer, sichert unsere Position! Verwundete versorgen!‹‹ Kein Mensch hätte solche Verletzungen überleben können, nur dank der selbstversiegelnden Kampfanzüge haben die beiden Krieger und Cokek eine Chance.

Zakok verfolgt besorgt die Kampfhandlungen von Cokeks Männern. Mit Entsetzen sieht er am Monitor die Explosion der Granate im Bereich seiner Kämpfer. ››„Ich muss sie raus holen!“‹‹ denkt er laut. „Cokek wird mich zwar einen Kopf kürzer machen, aber ich kann meine Leute nicht ihrem Schicksal überlassen!“ Zakok versucht Aik`Makey und Erk`Ma zu erreichen: ››Schattenkrieger, Ihr müsst mir Feuerschutz geben! Mehrere meiner Krieger sind verletzt, Cokek ist unter ihnen, ich muss sie raus holen!‹‹ ››Holen Sie Ihre Leute ab, Zakok, wir passen auf Sie auf!‹‹, kommt die Antwort. Erk `und Aik` hatten vorher keine Ahnung, dass Cokek selbst seine Kommandoeinheit anführt, sonst wären sie nicht so human gegen die Angreifer vorgegangen. Einen so mächtigen Natrill wie den Admiral hatten die Sternenschatten noch nie auf ihrer Seite. Der Admiral muss unter allen Umständen am Leben bleiben! Ab diesem Zeitpunkt haben die menschlichen Angreifer auf Ceres ihre Schonfrist verspielt. Aik` versucht einen Trick mit Watsons Stimme: ››An alle Kommandanten der angreifenden Schiffe auf Ceres! Ziehen Sie Ihre Landeeinheiten zurück und verlassen Sie sofort diesen Raumsektor, ansonsten werden Sie vernichtet! Admiral

Watson!‹‹ Keine Reaktion. Erst als Erk` einen der Zerstörer vernichtet, dessen Captain sich auffällig in den Vordergrund spielen will, wird allen, bis auf zwei weiteren lebensmüden Raumschiffcommandern, bewusst, mit welch mächtigen Gegnern sie es zu tun haben. Skrupellos schicken sie ihre Besatzungen in den Tod! Schockiert über ihre Verluste sammelt der Rest der Angriffsflotte seine Beiboote mit den Landungstruppen ein und flüchtet aus dem Angriffsbereich der Schattenkrieger.

Zakok verriegelt gerade hinter seinem eingesammelten Bodentrupp die Schleusentür, als er einen verstümmelten Notruf auffängt: ››Hil..e, wir wer..n von ein.. .chi.f der Mars .rad.ng Company ...folg, sie .oll.n uns wiede. kid.app.. S..ly Wat..n sr....r.......‹‹ ››Funkfrequenz anpeilen und Abfangkurs errechnen! Wir versuchen zu helfen, Zakok!‹‹ Überrascht, Cokek trotz seiner Verletzungen auf der Kommandobrücke zu sehen, antwortet Zakok: ››Zielobjekt angepeilt, erreichen es bei Höchstgeschwindigkeit in 37 Minuten, Exzellenz!‹‹

AUGE IN AUGE

Zwanzig Minuten zuvor: ››Admiral, Sir! Vor den gesprengten Eingangsschleusen ist ein wilder Kampf entbrannt! Haben Sie eine Ahnung, wer dort gegen die Angreifer vorgeht, Sir?‹‹ ››Leutnant, schalten Sie alle Außenkameras auf meinen Monitor, ich muss wissen, was da draußen los ist!‹‹ Das Schauspiel, das sich Watson bietet, wirft selbst bei ihm Fragen auf. Diese Spezies, die seinen Stützpunkt gegen seine Feinde verteidigt, kennt er nicht! Aber seit seiner Rettung auf dem Mond überrascht ihn nichts mehr wirklich.

››Sir, was sollen wir unternehmen?‹‹ ››Nichts! Sie sehen ja Leutnant, unsere unverhofften Helfer haben die Angreifer voll im Griff.‹‹ Plötzlich eine schwere Detonation! Sie verursacht den Ausfall sämtlicher Überwachungskameras. Watson mit seinen Leuten ist blind, nur der interne Basisfunk funktioniert noch. ››Watson an alle!! Wir müssen unsere Haut so teuer wie möglich verkaufen! Wir haben einen Systemausfall bei der Überwachung, ich kann unsere Verteidigung nicht mehr koordinieren. Sie sind alle ermächtigt, nach eigenem Ermessen zu handeln, Ende!‹‹

››Watson, ergeben Sie sich und wir lassen Sie und Ihre Männer am Leben!‹‹ ››Mit Verrätern verhandle ich nicht! Wenn Sie ein Mann sind, Grant, dann kommen Sie und wir machen die Sache "Aug in Auge" aus!‹‹ Mehrere Explosionen durchbrechen die kurze Stille, Watson hat keine Zeit mehr weiterzusprechen! Ein wildes Gefecht entbrennt zwischen seinen Männern und Grants Leuten. Grant arbeitet sich systematisch bis zum Eingangsshot von Watsons Kommandozentrale vor. Trotz verzweifelten Wiederstands der Verteidiger können Grants skrupellose Angreifer nicht aufgehalten werden. Ohne Rücksicht auf seine Leute befehligt Grant die Erstürmung der Zentrale. Was sich in den darauf folgenden Minuten abspielt, kann man nur mit einem Massaker beschreiben. ›› Halt, Watson gehört mir!‹‹ Als gerade einer von Grants Mördereinheit Watson von hinten erschießen will, verhindert es Grant. In der Kommandozentrale Watsons sieht es aus wie in einem Schlachthof. Grants Männer haben keinen am Leben gelassen, nur in den weiter entfernten Bereichen der Station sind noch Kampfhandlungen zu hören. ››Nun, Watson, ist Ihnen das Sprücheklopfen vergangen? Jetzt haben Sie die Gelegenheit mit mir abzurechnen.‹‹ Grant ist nicht entgangen, dass Watson verletzt ist. So fühlt er sich sicher, mit dem Admiral fertig zu werden. Grants Männer bilden einen Ring um die beiden Kontrahenten, gespannt warten sie die Ereignisse ab. Grant hat es sich leichter vorgestellt, Watson fertigzumachen! Er unterschätzt das Kämpferherz, das in seinem Gegner schlägt.

Mit einer Körpertäuschung bringt sich der Admiral in eine gute Position. Zwei schnelle Schläge und noch während Grant nach Luft schnappt, fixiert Watson ihn an der Kehle. Grants Männer lenkt der Zweikampf so ab, dass sie nicht bemerken, dass Aik` und Erk`, die sich in der Zwischenzeit auf der Basis eingeschlichen haben sich ihnen in ihrem Rücken nähern. Grant droht die Niederlage, seinem Körper fehlt der nötige Sauerstoff! Kurz vor seiner Ohnmacht versetzt einer seiner Leute dem Admiral einen Schlag auf dem Kopf. Das ermöglicht es Grant, aus der tödlichen Umklammerung auszubrechen.

Das ist der Moment, in dem Erk` und Aik` handeln: ››Alle die Waffen fallen lassen, Ihr habt keine Chance!‹‹ Aus einer gesicherten Position hinter Kontrollkonsolen halten sie Grant mit seinen Männern in Schach. Vier der Männer hauchen ihr Leben aus, als sie versuchen Widerstand zu leisten, der Rest lässt die Waffen fallen. ››Jetzt, Admiral, zeigen Sie Grant, wer hier das Sagen hat!‹‹, kommt es über Erks Lippen. Es entbrennt ein erbarmungsloser Zweikampf auf Leben und Tod! Grant weiß, Watson kennt keine Gnade ihm gegenüber. Verbissen wehrt er mehrere Angriffe ab. Ein Schlag des Admirals bringt ihn ins Straucheln, er landet auf dem Rücken. Grant verspürt etwas Hartes unter seinem Körper. Mit seiner rechten Hand holt Grant das unter ihm liegende Kampfmesser hervor. Noch bevor er wieder auf seinen Beinen ist, dreht Watson Grant die mit dem Messer bewaffnete Hand um und drückt sie Grant mit seinem ganzen Körpergewicht in die Brust. Ganz deutlich kann man den Brustkorb krachen hören, Blut strömt aus Grants Mund. Der Admiral bleibt erschöpft auf dem toten Körper seines Gegners liegen.

ENTERKOMMANDO ››Captain, wir haben des Beiboot mit den flüchtigen Gefangenen wieder an Bord! Was sollen wir mit ihnen tun? Der Mann hat lebensbedrohliche Verletzungen.‹‹ ››Ihn lassen Sie auf die Krankenstation bringen, die Tochter des Admirals will ich hier auf der Brücke haben, verstanden Leutnant!‹‹

5 Lichtminuten von den Kidnappern entfernt: ››Exzellenz, Sie sollten nicht hier sein, Ihre Verletzungen sehen bedrohlich aus!‹‹ ››Ach was, mach Dir keine Sorgen, Zakok! So gut wie heute ist es mir in den letzten 10 Jahren nicht mehr gegangen. Das Wichtigste, Deine beiden Leute, die verwundet wurden, werden überleben!‹‹

Am Verhalten des Großadmirals kann Zakok ablesen, wie viele Schmerzen es ihm bereitet haben musste, als er in den Kriegen für das Imperium viele seiner Krieger in den Tod schickte. Für jeden von ihnen wäre er lieber selber gestorben, aber sein Leben ist für das Natrillimperium unbezahlbar! Seine geniale Kriegsführung hatte Millionen Natrillleben gerettet. Es kommt mir so vor, erst jetzt lebt er sein wirkliches Ich. Zakok wird plötzlich aus seinen Gedanken gerissen: ››Zakok, bereite alles vor! Ich gehe mit den drei unverletzten Kriegern an Bord des Gegners, wir holen die Tochter von Watson heraus! Mit den paar Figuren von der Besatzung werden wir zu viert auch leicht fertig.‹‹

Trotz aller Bedenken Zakoks lässt sich Cokek von seinem Vorhaben nicht abbringen.

››Exzellenz, ich werde unser Schiff durch das klaffende Loch in der Außenhülle ihres Schiffes auf ihrem Hangardeck landen und Sie mit Ihren Männern ausschleusen. Gegebenenfalls gebe ich Ihnen Feuerschutz, bis Sie eine Deckung erreicht haben!‹‹ ››Sehr gut, Zakok, lande!‹‹

»Captain, Sir, ein Schiff unbekannter Bauart ist auf Kollisionskurs mit uns, wir können nicht ausweichen, es ist viel zu schnell!« »Zerstören Sie es, alle Waffen abfeuern!«

Zakoks Anflugmanöver ist für die Besatzung und Technik des Menschenschiffes viel zu schnell, keine der auf sie abgefeuerten Waffen trifft. Ein in den Ohren schmerzendes, kratzendes Geräusch unterstreicht, wie wenig Platz das Natrillschiff beim Durchfliegen des zerschossenen Hangartores hat. Sofort nach der Landung im Hangar springen Cokek und seine Leute eine Deckung suchend aus der Eingangsschleuse ihres Schiffes. Für die Kidnapper der Admiralstochter ging der Angriff der Natrill derart schnell vor sich, dass die meisten nicht einmal die Zeit hatten, ihre Waffen auf die Angreifer abzufeuern. Das Sperrfeuer, das Zakok vom Schiff aus eröffnet, ermöglicht es Cokeks Kriegern in wenigen Sekunden die Situation unter Kontrolle zu bekommen.

»Schnell, Männer, direkt zur Zentrale ihres Schiffs vorstoßen!«, kommt Cokeks Befehl.

Nur wenig Widerstand behindert das Vordringen der Angreifer. Einige der Besatzung flüchten alleine aus Angst vor dem ungewohnten Aussehen der Natrill. Cokeks Kämpfer beziehen vor dem Eingang auf die Kommandobrücke ihre Stellung.

»Captain, liefern Sie uns Ihre Gefangene, die Tochter von Admiral Watson aus und ergeben sich bedingungslos mit Ihren Leuten! « »Wer immer Ihr auch seid, kommt nicht herein, sonst töte ich die Gefangene!« brüllt der Captain in den Gang hinaus. Schnell instruiert Cokek seine Krieger.

»Captain, ich bin Admiral Cokek vom Volk der Natrill! Ich komme jetzt alleine und unbewaffnet zu Ihnen hinein, um mit Ihnen von Mann zu Mann zu sprechen!«

Cokek vertraut auf sein Gefühl, der Captain dieses Schiffes ist sicher etwas eitel, ein Verhandeln mit einem Admiral ist nichts Alltägliches für einen Schiffskommandanten. Als Cokek die Brücke betritt, mustert er sofort alle Anwesenden. "Nur drei Leute außer der Geisel, das müsste möglich sein!", denkt er. Der Captain hält Sally Watson mit einem Arm um den Hals, mit der anderen Hand hat er seine Waffe auf Cokek gerichtet.

››Verlassen Sie umgehend mein Schiff, sonst werde ich meine Gefangenen töten!‹‹ droht er Cokek.

Ab diesem Zeitpunkt weiß Cokek, es müssen mindestens zwei Gefangene an Bord sein. Er muss handeln!

››Machen Sie keinen Unsinn, Captain! In Ihrer Lage ist es für alle Beteiligten besser, wenn Sie aufgeben!‹‹

Keine Antwort. Am Augenzucken seines Gegenübers liest Cokek Angst heraus. Kurze Blicke zu den beiden anderen auf der Brücke, Cokek nutzt seine Chance! Alles geht sehr schnell, der Captain kann nicht einmal seinen Tod kommen sehen. Ohne ersichtlichen Ansatz schleudert Cokek eine Art Wurfmesser seinem Gegenüber zwischen die Augen. Das Zersplittern der Schädelknochen ihres Captains ist das Letzte, was die beiden Offiziere auf der Brücke registrieren, bevor sie von Cokeks Kriegern überwältigt werden. Sally ist überrascht, mit welcher Entschlossenheit der Admiral mit seinen Männern handelte. Die ersten Worte Sallys nach der Befreiungsaktion: ›› Ich muss zu Rene!‹‹

"Gar nicht so schlecht für einen alten Mann!", denkt Cokek, mit sich selbst zufrieden, und lobt seine Männer.

››Sehr gut, Leute! Schiff sichern, wir übernehmen das Kommando! Wir fliegen mit dieser Blechdose Richtung Ceres und übergeben sie mit der Besatzung Admiral

Watson!‹‹ ››Exzellenz, ich komme zu Ihnen auf die Brücke und übernehme!‹‹

Die reguläre Besatzung des Schiffs wird im Frachtraum inhaftiert, wo sie mühelos von einem einzigen Natrill-krieger kontrolliert werden kann. Rene und den verletzten Männern Zakoks geht es den Umständen entsprechend gut, durch die medizinischen Möglichkeiten der Natrill, sind sie schon wieder halbwegs auf den Beinen. Der Flug mit Menschentechnik zum Ceres dauert für das Zeitempfinden der Natrill ungewöhnlich lange. Die Flugzeit wird zum besseren Kennenlernen der Gewohnheiten der Menschen genützt. Cokek hält sich mehr im Hintergrund, Zakok dagegen zeigt großes Interesse an den Menschen mit ihren Eigenarten. Er knüpft ein sehr freundschaftliches Verhältnis zu Rene und Sally.

DAS BÜNDNIS

Pfeifend inspiziert Watson seinen verwüsteten Flottenstützpunkt auf Ceres. Er ist guter Dinge, seit er weiß, dass seine Tochter wohlauf ist. Aik` und Erk` haben ihn über alles aufgeklärt, was er aus ihrer Sicht wissen darf. Für die genaueren Zusammenhänge außerhalb des Solarsystems ist die Menschheit noch nicht bereit. Und man will auch von Seiten des Hohen Rates nicht, dass den Menschen die interstellare Raumfahrt möglich gemacht wird. Zu unübersichtlich sind die machtbesessenen Gedanken der Menschen, um sie auf die anderen Völker loszulassen!

››Admiral, Sir, das Schiff mit Ihrer Tochter trifft in einer Stunde ein!‹‹ ››Ist alles vorbereitet für den Empfang unserer Gäste, Leutnant?‹‹ ››Ja, Sir!‹‹

Zakok landet das schwerbeschädigte Menschenschiff auf Admiral Watsons Stützpunkt auf Ceres, dort werden sie schon ungeduldig erwartet. Mit Tränen in den Augen umarmt der Admiral Sally, er bringt kein Wort über die Lippen. Es ist ihm peinlich, dass ihn seine Leute so aufgelöst sehen.

»Aber Paps, so kenne ich Dich gar nicht! Um mich brauchtest Du dir keine Sorgen zu machen, ich hatte ja Rene bei mir!« »Kleines, Du weißt gar nicht, welche Angst ich um Dich hatte!... Danke, Admiral Cokek, dass Sie mir meine Tochter gesund wiedergebracht haben! Ich weiß nicht, wie ich das je bei Ihnen und Ihren Männern gut machen kann, ich stehe tief in Ihrer Schuld!« »Ich muss Ihnen danken, Watson! Durch die Auseinandersetzungen in Ihrem System haben Sie mir noch einmal die Gelegenheit gegeben, mich jung zu fühlen und Seite an Seite mit meinen Kriegern zu kämpfen. Sie müssen wissen, in meiner Position bin ich ein einsamer Mann! Meine Offiziere folgen mir bedingungslos, nur Zakok, meine rechte Hand, hatte genug Mumm, um mich manch eine Entscheidung überdenken zu lassen! Einziger Spaß für mich sind Konfrontationen mit unserer politischen Führung auf Trillon, politisch hat mein Wort einen hohen Stellenwert im Königshaus.« Als Cokek mit seinen Ausführungen fertig ist, ergreift Watson das Wort: »Admiral Cokek, unsere Freunde Aik`Makey und Erk`Ma haben ausrichten lassen, dass sie uns in 20 Stunden auf ihrem Stützpunkt erwarten. Es sollen drei Überraschungen für Sie bereitstehen!« »Drei? Zwei kann ich mir denken, aber die Dritte? Aber jetzt zu etwas anderem Watson: Haben Sie eine Kostprobe von dem Wein, der auf der Erde wächst? Ich würde zur Feier des Tages gerne ein Gläschen probieren....«

Cokek klärt Watson darüber auf, dass ihr Flug zur Basis der Schattenkrieger nur 7 Stunden in Anspruch nimmt und die Zeit reicht, um ein, zwei Fläschchen zu leeren. Rechtzeitig um die vereinbarte Zeit einzuhalten, startet das Natrillschiff in Richtung Triton. Erst jetzt wird Admiral Watson, seiner Tochter Sally und Leutnant Rene Barnes bewusst, in welcher technischen Steinzeit die Menschheit sich befindet.

Mehrere Hundert Millionen Kilometer entfernt auf Mars und Erde: Bei der Company auf dem Mars herrscht Krisenstimmung, die Führung hat eine Aufsichtsratssitzung einberufen, um das weitere Vorgehen zu beraten. Auf der Erde zerfetzen sich auf politischer Ebene die drei großen Machtblöcke mit Schuldzuweisungen, obwohl niemand weiß, was auf Ceres geschehen ist. Sämtliche Sprechverbindungen sind von der Company so gestört worden, dass nicht ersichtlich ist, wer schlussendlich Watson angegriffen hat. Admiral Watson selbst belässt es bei der Erklärung, „unbekannte Raumschiffe irdischer Herkunft".

Im Garten der Basis auf Triton kann man lautes Gelächter und ein wildes Stimmendurcheinander hören. Bei allen Beteiligten herrscht gelöste Stimmung. Die Rückkehrer von Makateh haben erst von Erk`Ma erfahren, wie schlecht es um den Frieden bei der Menschheit stand und dass nur durch die beiden Schattenkrieger und mit der Hilfe der Natrill ein systemweiter Krieg verhindert werden konnte. Cecen hat keine Ahnung, dass sein Onkel, Großadmiral Cokek, selbst seine Hände im Spiel hatte. Aik` hat in seiner Gegenwart immer nur von Zakok und seinen Männern gesprochen. Diesen kannte Cecen gut von seinen Besuchen bei seinem Onkel. Wenn Aik` und Erk` es nicht von Cokek selbst wüssten, Cecen hätte niemanden erzählt, dass der Großadmiral sein Onkel ist. Aus den Lautsprechern kommt die mechanische Stimme der Raumortung: ››Schiff neuer Bauart der Natrill im Anflug, kommend aus dem inneren Sonnensystem!‹‹

Sofort wissen alle, das kann nur Zakoks Schiff sein.

Zakok lässt wieder einmal sein Können am Steuer eines Schiffes aufblitzen. Die Geschwindigkeit und Präzision, mit der er sein Schiff landet, entlockt Aik` die Bemerkung: ››Ist Dir klar, Erk`, wie weit wir damals die Hosen unten hatten?!‹‹

Alle 12 plus Finn, stehen in Reih und Glied um die neuen Gäste zu empfangen. Als sich die Einstiegsschleuse des Natrillschiffs öffnet, springt Finn sofort in das Schiffsinnere. Zuerst steigen Sally, Rene, Admiral Watson und die 5 Natrillkrieger aus. Dann, nach einer kurzen Pause, kommt Zakok und in dessen Schatten Cokek mit Finn zum Vorschein. Obwohl Finn Cokek nie begegnet ist, hat der Admiral die gleiche Anziehung wie Cecen auf ihn. Cecens Augen weiten sich, als er seinen Onkel erkennt. Bei Cokek glaubt man Tränen zu sehen, auch wenn er sie sofort wieder unterdrückt. ››Onkel Coky, mit Dir hätte ich nicht gerechnet! Haben sie Dich endlich degradiert, hahaha....., oder haben Dir meine vielen Fragen gefehlt?‹‹ ››Deine nervigen Eltern sind schuld, dass ich hier bin! Nein, jetzt im Ernst, ich wollte innerlich einfach nicht glauben, dass Dir etwas passiert ist. Aber wenn ich Dich so anschaue, Du hast Dich sehr gut entwickelt!‹‹

General Michels hält es nicht mehr aus, er muss Cokek einfach ansprechen: ››Sie sind also der legendäre Admiral, der die Raumschiffkriegsführung revolutioniert hat! Auf Makateh, in den Schulungsarchiven, ist vieles von Ihren Schlachtstrategien verzeichnet. Ihr Neffe Cecen hat kein einziges Mal erwähnt, dass er mit Ihnen verwandt ist. Jetzt wird uns endlich klar, wieso Cecen so ein außergewöhnlicher Vertreter Ihres Volkes ist!‹‹ Bescheiden kommt die Antwort Cokeks: ››Sehen Sie die 6 Männer?‹‹, und zeigt auf Zakok und seine Krieger. ››Solche Kämpfer an meiner Seite verhalfen mir zu meinen Erfolgen!‹‹

Erk` unterbricht die verschiedenen Gespräche aller Beteiligten: ››Darf ich kurz um ihre Aufmerksamkeit bitten? Aik` möchte Ihnen allen einen Vorschlag machen, der für die Stabilität in unserer Galaxie wichtig ist. Bitte setzen Sie sich an den für Sie vorbereiteten Tisch!‹‹

Die Tafel ist mit exotischen Köstlichkeiten und Getränken aus allen Ecken des bewohnten Universums gedeckt. Selbst der gute Tropfen aus den Weinkellern des Hohen Rates fehlt nicht, was Cokek wohlwollend zur Kenntnis nimmt.

››Greifen Sie alle zu, mit vollem Magen lässt es sich besser sprechen‹‹, bemerkt Aik`. Erk` hat die Sitzordnung so eingeteilt, dass die Erdlinge und Natrill sich gemischt hinsetzen müssen. Seine Absicht ist es, eine lockere Atmosphäre unter den Beteiligten zu erzeugen. Nach kurzer Zeit entwickeln sich die ersten Gespräche, selbst die fünf Natrillkrieger fühlen sich schnell in die Gemeinschaft integriert. Genau das wollte Erk` erreichen! Im Schatten ihrer Admiräle waren sie immer sehr zurückhaltend. ››Darf ich Ihre Gespräche für einige Vorschläge unterbrechen?‹‹ fragt Aik` höflich. ››Was ich zu sagen habe, betrifft in erster Linie unsere Natrillfreunde, Rene Barnes, Admiral Watson und dessen Tochter Sally. Ich habe von unserem großen Denker, dem Ersten im Hohen Rat, Rey Meyesty, eine Einladung an Sie alle, unsere Welt Makateh zu besuchen. Wer der Einladung nachkommt, hat die Möglichkeit, in unseren Archiven sein Wissen zu erweitern. Auch alle Ausbildungen, die in unseren Schulungsprogrammen sind, können genutzt werden. Einzige Bedingung für unser Angebot, Sie müssen einen Eid auf die Geheimhaltung Ihrer Wissenserweiterung ablegen! Weiters möchte ich alle bitten, unserem Bündnis beizutreten! Es ist sehr wichtig für die Stabilität und den Frieden der Völker im bekannten Universum. Selbstverständlich wird niemals jemand verlangen, einen Auftrag zu erledigen, der gegen das eigene Volk gerichtet ist!‹‹

Aik` studiert die Gemütsregungen der Einzelnen am Tisch. Als sein Blick auf Zakok fällt, fragt dieser: ››Alles gut und richtig und es hört sich auch alles sehr schön an, aber wie stellen Sie sich das bei Admiral Cokek und mir vor? Wahrscheinlich wundert man sich schon jetzt, wo wir sind. Wir können nicht einfach unsere Pflichten vergessen und mit Ihnen nach Makateh fliegen!‹‹ ››Sie haben recht, Admiral! Bei Ihnen gilt die Einladung selbstverständlich, sobald Sie Zeit dafür haben. Sie brauchen dann nur zu uns zu kommen und einer von uns, Erk` oder ich, werden Sie nach Makateh bringen. Erk` ist der bessere Sprecher als ich, er wird alle weiteren Fragen beantworten, die Sie noch haben.‹‹

Beinahe zwei Stunden dauert es, bis die Fragen aller, die am Tisch sitzen, beantwortet sind. Erk` ist sehr zufrieden, er hat genau das erreicht, was er wollte! Menschen und Natrill unterhalten sich sehr entspannt miteinander. Nach weiteren drei zwanglosen Stunden spricht Aik` die Anwesenden noch einmal an: ››Überschlafen Sie alle noch einmal das Angebot des Hohen Rates von Makateh! Morgen können Sie, wenn sie wollen, dem Bündnis beitreten, ich werde alles Nötige vorbereiten.‹‹

Tags darauf, als Aik` fragt, wer dem Bündnis beitreten möchte, kommt von keinem eine Absage. Darauf meint er: ››Bitte unterschreiben Sie dieses Dokument, der Hohe Rat und alle Anwesenden, die schon auf Makateh waren, haben auf diesen Vertrag ihren Eid geleistet und unterzeichnet. Es sind keine versteckten Abmachungen, die nicht besprochen wurden, enthalten! Bei meiner und der Ehre meines Volkes!‹‹

Nach der Unterzeichnung führt Erk` alle in die Parkanlage ihres Stützpunktes. Dort hat er eine kleine Abschiedsfeier für diejenigen organisiert, die am nächsten Tag in Richtung ihrer Pflichten abreisen müssen. Die

Verabschiedung wirkt freundschaftlich, fast herzlich, genauso, wie es sich Erk` und Aik` vorstellten! Cokek verabschiedet sich nur ungern von den beiden Schattenkriegern. Über Funk sagt er noch: ››Ich werde in den Ruhestand gehen, dann komme ich und wir unternehmen etwas zusammen!‹‹ ››Machen Sie das, Admiral! Ich wüsste ein paar Abenteuer für uns! Wir würden gerne noch einiges von Ihnen lernen. Guten Flug von Erk` und mir!‹‹

Ende

A.K Hardware

Voranküdigung

MANCHE NEUGIER IST TÖDLICH

Solarsystem 2082: Sie suchen in der näheren Umgebung des Solarsystems nach Bodenschätzen. Auf einem Mond, eines um einen G-Stern kreisenden Planeten werden sie in einen Konflikt zweier Spezies hineingezogen.

Dies ist ein Abenteuer von Ursa Bone, Geologin und Kommandantin der Lucky Star. Mit zwei Freunden erkundet sie das Universum.

Die Handlung der Geschichte: Der Kampf zweier verschiedener Intelligenzen auf Leben und Tod. Bone greift in das Geschehen ein, die Folgen sind nicht mehr kalkulierbar.

Der Roman erscheint im Jänner 2014 – sein Titel:

LS 1 - ÜBERFÄLLIG